Dino
VERLAG

WILLKOMMEN IM LEBEN

Catherine Clark

Er liebt mich, er liebt mich nicht...

Deutsch von Günter W. Kienitz

Dino
VERLAG

Die Deutsche Bibliothek – CIP-Einheitsaufnahme

Clark, Catherine:
Willkommen im Leben : [TV-Roman zur RTL-2-Serie] / Catherine Clark. [Aus dem Amerikan.: Günter W. Kienitz]. – Leinfelden-Echterdingen : Dino-Verl.
Er liebt mich, er liebt mich nicht. - 1997
ISBN 3-932268-17-2

Dieses Buch wurde auf chlorfreies, umweltfreundlich hergestelltes Papier gedruckt. Es entspricht den neuen Rechtschreibregeln.

Originaltitel: My so-called Life: Betrayal
Aus dem Amerikanischen: Günter W. Kienitz
Titelfoto: ABC Productions, N.Y.
Umschlaggestaltung: Plasma Artworx, Reutlingen
Satz: Druckerei Schwend GmbH, Schwäbisch Hall
Druck: Graphischer Großbetrieb Pößneck, Pößneck
ISBN: 3-932268-17-2

1

„So, Rayanne. Du hast jetzt dreiunddreißig Tage." Ms. Krzyzanowski blickte über ihren Schreibtisch hinweg.

Rayanne Graff schaute von einer Broschüre auf, die sie gelesen hatte. Naja, eigentlich nicht gelesen – eher überflogen. Die Broschüre trug den Titel „Egal, was auch passiert – greif auf keinen Fall zur Flasche!"

„Ich habe dreiunddreißig Tage? Um was zu tun?", fragte Rayanne die Psychologin. Im Gespräch mit ihren Freunden nannte Rayanne die Schulpsychologin immer „Crazy-Nowski". Sie hatte eine Brille mit riesigen Gläsern auf der Nase und trug ihre braunen Locken wirr aufgetürmt. Und sie konnte echt nerven.

„Nein, da hast du mich missverstanden. Das ist so ein Ausdruck. Er besagt, dass du über einen Monat lang trocken und nüchtern warst", erklärte Ms. Krzyzanowski. „Dreiunddreißig Tage lang."

„Oh. Richtig. Das war mir schon klar. Also, ich fühle mich auch echt toll." Dabei kaute Rayanne auf dem Zitronenlutscher herum, den sie im Mund hatte.

„Ich weiß, dass du dich gut fühlst." Ms. Krzyzanowski lächelte. „Aber dreiunddreißig Tage … das ist eine gefährliche Phase."

Rayanne verschränkte ihre Beine und thronte nun im Lotussitz auf der Couch. „Wie war doch gleich nochmal dieser Ausdruck? Der besagt, dass man ständig so ein

Bedürfnis zu essen hat. Sie haben ihn letzte Woche benützt, aber jetzt fällt er mir nicht mehr ein."

Ms. Krzyzanowski zog eine Augenbraue in die Höhe. „Hunger?"

„Nein! Dieses Dings. Es ist so ein Ausdruck, den man im Psychologieunterricht zu hören kriegt und in Schulbüchern findet und so." Rayanne gab sich richtig Mühe, ihn sich in Erinnerung zu rufen. „Jetzt weiß ich's wieder – oral fixiert. Das ist so ein cooler Ausdruck. Ich finde, er erklärt irgendwie alles, verstehen Sie? Hey, weil wir gerade davon reden." Sie wühlte in ihrer Armeetasche herum und zog eine Tüte Lollipops heraus. „Lutscher?", fragte sie und hielt ihrer Beraterin die Tüte hin.

Ms. Krzyzanowski schien nicht zum Spaßen aufgelegt. „Rayanne. Sieh mal. Ich weiß, dass du beschlossen hast, nicht mehr zu unseren gemeinsamen Sitzungen zu kommen."

„Also, Sie müssen deswegen nicht beleidigt sein." Rayanne schob einen ihrer Zöpfe hinters Ohr. „Ich bin nur einen Monat lang verpflichtet, zur Beratung zu kommen. Danach ist es freiwillig."

„Ich weiß. Das ist mir schon klar", sagte Ms. Krzyzanowski und nickte. „Ich wüsste nur zu gerne, dass du anderweitig Unterstützung findest – wenn du nicht mehr hierher kommst."

„Ich brauche keine Unterstützung." Wieso klang das bei Schulpsychologen immer so, als würden sie über BHs und Strumpfhosen reden? „Ich habe Freunde", sagte Rayanne.

„Ja, aber … hast du nicht erwähnt, dass du dich von

deinen Freunden zurückgesetzt fühlst, seit – du weißt schon – diesem Vorfall?“ Ms. Krzyzanowski beugte sich in ihrem Sessel nach vorne.

„Dem Vorfall?“, fragte Rayanne. „Was denn für ein Vorfall?“

„Ich spreche von dieser Nacht, in der du beinahe gestorben wärst. Von der Nacht, in der dich Angelas Mutter mit Blaulicht ins Krankenhaus hat bringen lassen“, fuhr Ms. Krzyzanowski fort. „Hast du mir nicht erzählt, dass du seit dieser Nacht das Gefühl hast, ihr seid euch ein bisschen fremd geworden, deine Freundin Angela und du?“

„Ich habe nie was von ‚fremd‘ gesagt. Ich … treffe mich nur nicht mehr so oft mit ihr“, sagte Rayanne. Oder … vielleicht trifft sie sich ja auch nicht mehr so oft mit mir. „Aber das hat nichts mit dem Vorfall zu tun. Das liegt an dem Typen, mit dem sie irgendwie verbandelt ist. Den sie ohne mein Zutun noch nicht einmal kennen würde.“

„So. Du sagst also, du fühlst dich in Angelas Nähe nicht unbehaglich? Kein bisschen?“, fragte Ms. Krzyzanowski.

„Nein!“, ereiferte sich Rayanne. „Sehen Sie mal, die Sache mit Angela ist die, dass … obwohl sie von diesem Typen wie verrückt besessen ist? Ist sie, naja … immer für mich da.“ Und ich muss nicht mein Mittagessen sausen lassen, um mit ihr zu reden. Rayanne schob die verknitterte Broschüre in ihre Tasche.

„Wo steckt Angela?“, fragte Rayanne Rickie Vasquez, ihren besten Freund, als sie zehn Minuten später aus dem Büro der Schulpsychologin herauskam und auf den Korridor der Liberty High School trat. „Ich dachte, sie wollte mit uns zu Mittag essen." Sie nahm den durchgekauten Lutscherstiel aus dem Mund und machte sich daran, ihn in die „Greif nicht zur Flasche"-Broschüre, die ihr Ms. Krzyzanowski aufgenötigt hatte, einzuwickeln.

Rickie schnappte Rayanne die Broschüre aus der Hand, bevor sie das Heft restlos kaputtmachen konnte. „Egal, was auch passiert – greif auf keinen Fall zur Flasche!", las er laut.

„Ja, ja, ja. Ist ja schon gut." Rayanne rollte mit den Augen. Rickie wollte ihr die Broschüre zurückzugeben, doch Rayanne schüttelte den Kopf. „Behalt sie – ich brauche sie nicht."

„Bist du da sicher?", fragte Rickie.

„Klar. Wie auch immer. Angela steckt also wieder mit Catalano zusammen, richtig?", fragte Rayanne.

„Es ist nur die verrückteste Trennung aller Zeiten", sagte Rickie.

„Weißt du was? Sie ist diejenige, die einen Seelenklempner nötig hat." Rayanne lächelte.

Angela ging den Gang entlang auf dem Weg zu ihrem Schließfach, um sich ihr Mittagessen zu holen. Doch bevor sie das Schloss auch nur berührt hatte, ließ Jordan Catalano seine Hand um ihren Körper herumgleiten, stellte am Schloss die richtige Nummer ein und öffnete das Schließfach. Dann legte er Angela die Hand wie selbstverständlich auf die Hüfte.

Hallo?, dachte Angela. Haben wir uns nicht gerade eben erst getrennt – ich meine, gestern oder so? Und entschieden, dass wir nur Freunde bleiben wollen?

Angela holte ihr Mittagessen aus dem Schließfach und schloss es wieder. Jordan nahm seine Hand von ihrer Hüfte und lehnte sich gegen die Wand. Er wirkte einsam und verlassen.

Entschuldige mal, aber in einem Umkreis von hundert Metern um mich herum hast du dich nirgends an die Wand zu lehnen, dachte Angela. Jordan gegen die Wand gelehnt zu sehen, mit diesem traurigen, abgrundtiefen Blick in seinen Augen – das war es doch gewesen, was sie am allermeisten zu ihm hingezogen hatte.

„Was ist los?", fragte sie Jordan. Mal abgesehen von der Tatsache, dass du mich brauchst. Dass du mich ganz für dich haben musst. Dass du keine Sekunde länger mit dem Wissen leben kannst, dass ein anderer mich besitzen könnte.

„Nichts ist los." Jordan seufzte. „Es ist nur ... also ich könnte Tino umbringen, verstehst du?"

Angela lehnte sich neben ihn an die Schließfächer. Ihr war klar, dass sie drauf und dran war etwas zu tun, was sie auf gar keinen Fall tun sollte. „Wollen wir rausgehen oder so?", fragte sie Jordan.

„Ja", sagte er.

Sie spazierten nach draußen unter die Tribüne am Sportplatz und lehnten sich an die Stützstangen. Angela fing an, ihr Käsesandwich zu essen, Jordan zündete sich eine Zigarette an.

„Also, was war mit Tino los?", fragte Angela, während sie sich einen Senfklecks von der Backe wischte.

„Gestern Abend bei unserer Probe. Da sagte er plötzlich, dass es das Ganze für ihn nicht mehr bringe. Dann hat er sein Mikrofon direkt gegen Joeys Basstrommel gepfeffert. Und dann hat er sich verkrümelt." Jordan nahm einen Zug von seiner Zigarette.

Angela wühlte durch die Karottenstifte in ihrer Plastiktüte. „Er hat also aufgehört? Tino hat die Frozen Embryos verlassen?"

„Ja. Und nun müssen wir auch noch den Namen der Band ändern, weil sich Tino ‚Frozen Embryos' ausgedacht hat. Jetzt stecken wir echt ganz schön im Schlamassel." Jordan seufzte. „Das nervt total."

Angela schob den Gedanken beiseite, dass Jordan die Probleme der Band viel mehr an die Nieren gingen, als die Trennung von ihr vor ein paar Wochen. „Das tut mir echt Leid", sagte sie und streckte die Hand aus, um ihm ganz sanft die Schulter zu massieren. Ich bin echt das Letzte. Mir ist doch jeder Anlass recht, ihn zu berühren.

„Entschuldigung. Störe ich euch bei irgendetwas?"

Mit einem Ruck zog Angela ihre Hand von Jordans Schulter und drehte sich um. Rayanne lächelte sie an, als hätte sie Angela gerade bei einer Lüge ertappt. Was ja irgendwie auch der Fall war. „Nein, ist schon in Ordnung! Hi!", sagte Angela.

Jordan wandte sich zum gehen und zockelte davon.

„Du brauchst doch deswegen nicht … du weißt schon …", setzte Angela an.

„Wir seh'n uns später." Jordan schlenderte auf seinen Freund Shane zu, der am Rand des Basketballfeldes stand.

„Was ist denn mit dem los?", fragte Rayanne, während sie sich auf einem Betonblock niederließ. Angela setzte sich neben sie. Rayanne machte sich über den Rest von Angelas Mittagessen her.

„Er ist sauer. Wegen dieser Sache mit Tino." Angela hielt inne. Tino war einer von Rayannes Freunden. Sie musste eigentlich wissen, was so lief. „Du hast ja bestimmt schon gehört, was passiert ist, oder?"

„Aber sicher." Rayanne biss in einen Karottenstift. „Nein, eigentlich nicht. Was ist denn passiert?"

Rayanne wusste also nicht Bescheid. Hing sie etwa nicht mehr mit Tino herum? Oder waren sie und Tino nicht mehr dieselben ... so wie sie und Rayanne nicht mehr dieselben waren? „Tino ist bei den Frozen Embryos ausgestiegen", erklärte ihr Angela. „Ich weiß das nur, weil Jordan es mir gerade erzählt hat und ..."

„Was? Denkst du etwa es kratzt mich, dass du das weißt?", blaffte Rayanne. „Tino hätte es mir sofort erzählt, wenn er noch zur Schule kommen würde."

„Ist mir schon klar", sagte Angela. Ich hätte nichts sagen sollen, dachte sie.

„Also, Angelica. Wie sieht's aus? Unternehmen wir irgendwann mal wieder was zusammen?"

„Oh. Klar, weißt du ... ich bin nur ..."

„Ich mach doch nur Spaß!", sagte Rayanne und schob Angela weg. „Geh schon. Wir sehen uns sowieso viel zu oft."

„Nein, wirklich. Du solltest nach der Schule mal wieder bei mir vorbeikommen. Sagen wir mal ... heute, vielleicht", sagte Angela.

„Und deine Mom hat nichts dagegen?", fragte Rayanne.

„Klar! Natürlich nicht. Jetzt spinn aber bloß nicht."

Angela stellte sich die Reaktion ihrer Mutter auf die Ankündigung, dass Rayanne vorbeikommen würde, bildlich vor. Rayanne futterte immer etwas, was sie nicht essen sollte und ruinierte damit die Speisepläne der Chase. Die ihre Mutter fast wie etwas … Heiliges handhabte. „Und außerdem kommt meine Mutter nie vor sechs nach Hause."

„Cool. Also gut, ich werde zusehen, dass ich's schaffe, vorbeizuschauen", sagte Rayanne.

Angela fiel unwillkürlich auf, dass keine von ihnen eine feste Verabredung treffen wollte. Sie würde wohl zu Hause sein, Rayanne würde vielleicht vorbeikommen … aber tatsächlich würde wahrscheinlich gar nichts passieren.

Zwischen ihnen war alles so seltsam geworden, seit sich Rayanne mit Alkohol und Drogen beinahe umgebracht hatte. Das war zwar schon lange her – Wochen, vielleicht – aber sie hatten noch nie richtig darüber geredet. Angelas Mutter hatte Rayanne ins Krankenhaus bringen lassen, und das war's auch schon gewesen – Rayanne hatte mit dem Trinken aufgehört und ansonsten hatten alle so getan, als ob nichts passiert wäre.

Doch es war passiert. Und Angela war sich nicht sicher, ob sie die Rayanne, die das getan hatte, wirklich kannte.

„Vorsichtig – pass auf, dass der Dotter ganz bleibt."

Rayanne konzentrierte sich auf die Eierschalen und ließ den Dotter zwischen zwei Hälften hin und her gleiten. Irgendwie machte ihr das glatt Spaß. „Also, Sie wollen tatsächlich Leuten das Kochen beibringen?", fragte sie Angelas Vater. Es war etwa fünf am selben Abend.

„Ja. Das würde ich … das tu ich wirklich gerne", antwortete Mr. Chase. Er öffnete eine Flasche Grand Marnier Likör und gab einen Schuss davon in die Schokoladensauce auf dem Herd. „Tut mir leid, dass Angela noch nicht zu Hause ist. Hattet ihr denn richtig was ausgemacht?"

„Also, eigentlich nicht …"

An der Hintertür klopfte es. Angelas Vater lächelte. „Das muss sie sein." Er stellte die Grand-Marnier-Flasche direkt vor Rayanne auf die Anrichte und ging, um die Tür zu öffnen.

Rayanne starrte die Likörflasche an. Grand Marnier war nicht gerade ihr Lieblingsgetränk. Aber die Flasche war wunderschön. Manchmal dachte sie fast, dass sie wegen der Flaschen so viel und gerne trank. Sie streckte die Hand danach aus, um das klassische braune Etikett zu berühren.

„Hi!"

Rayanne fuhr herum und sah sich Mrs. Chase gegenüber, die mit riesigen braunen Papiertüten voller Lebensmittel in der Küchentüre stand. Sie zog ihre Hand rasch von der Flasche zurück. Mrs. Chase war diejenige, die Rayanne ins Krankenhaus hatte bringen lassen in dieser Nacht des Vorfalls, wie Ms. Crazy-Nowski es nannte. Als ob die Polizei damit zu tun gehabt hätte. Natürlich, vielleicht hätte sie ja hinzugezogen werden sollen, dachte Rayanne. „Hi", sagte sie und fühlte sich ein wenig unbehaglich.

Angelas Mutter stellte die Lebensmittel ab. Rasch und nicht gerade unauffällig, nahm sie die Grand-Marnier-Flasche von der Anrichte und stellte sie in den Schrank zurück. „Kann ich dir etwas zu trinken anbieten?", fragte sie. „Eine Limo vielleicht?"

„Ja, danke." Das war ungefähr so feinfühlig gewesen, wie ein Schlag mit einem Schmiedehammer. „Irgendetwas mit Zucker und Koffein wäre toll", antwortete Rayanne.

„Wo ist denn Angela?", fragte Mrs. Chase.

„Ich schätze mal, sie hat was Besseres zu tun", sagte Rayanne mit einem Achselzucken.

„Aha. Es ist so reizend, dich zu sehen."

Wer benutzte denn noch Wörter wie „reizend"?, fragte sich Rayanne. Nur Patty Chase. Die eigentlich Patty Reizend heißen sollte.

„Hmm, ist Angela mit … ihm unterwegs? Ich dachte, die beiden wären … ich meine, ich dachte, sie hätten Schluß gemacht", sagte Angelas Mutter.

„Da soll mal einer schlau draus werden. Es ist, als ob man bei einer Achterbahnfahrt oder so was zusieht." Rayanne warf die Eierschalen in den Mülleimer. „Genau genommen? Ich würde sagen, eigentlich sitzen die beiden noch gar nicht in der Achterbahn. Sie stehen in der Schlange vor der Kasse. Und sie denken noch darüber nach, ob sie einsteigen sollen oder nicht."

Patty schaute sie mit hochgezogenen Augenbrauen an.

„Übrigens. Hat Angela es Ihnen erzählt? Ich bin seit dreiunddreißig Tagen völlig trocken", sagte Rayanne. „Unter meinem Gürtel, oder wo immer das Zeug hingeht."

„Nein, Angela hat mir nichts davon gesagt." Mrs. Chase sah ein wenig durcheinander aus.

Hatte sie nicht? Rayanne konnte es kaum fassen. Interessierte es Angela etwa gar nicht, dass sie trocken blieb? Schließlich tat sie das doch nicht nur für sich selbst. Ich meine, was hat man denn davon, sich gut zu benehmen, wenn es sowieso niemandem auffällt? Oder sich daneben zu benehmen?

„Das ist ja großartig, Rayanne", sagte Mrs. Chase.

„Ja. Wir haben in der Schule so eine Drogenberaterin. Sie hilft mir ein bisschen", erklärte Rayanne. Patty brauchte nicht zu wissen, dass Rayanne sich in Ms. Krzyzanowskis Büro so schnell nicht wieder würde blicken lassen.

„Meinen Glückwunsch", sagte Patty. „Das ist wirklich toll."

„Danke", sagte Rayanne. „Das ist echt nett."

Sie saß auf einem Stuhl und sah zu, wie Angelas Eltern und ihre kleine Schwester Danielle sich um den Herd drängten und sich über den blubbernden Topf mit der Schokoladensauce beugten. Sie sahen so perfekt aus, so normal. Sie selbst hatte so etwas nie erlebt. Die Atmosphäre in der Küche war so warm und herzlich.

Es ist ... eigentlich sollte Angela hier sitzen. Sie gehört hierher und nicht ich.

„Wann gibt's Abendessen?", fragte Rayanne ihre Mutter, als sie zu Hause ankam.

„Oh. Bist du hungrig?" Amber warf Rayanne über die Schulter hinweg einen Blick zu, während sie den Inhalt eines Mixbechers in ein großes Cocktailglas goss. Manchmal dachte Rayanne, ihre Mutter lebte nur für Rezepte eisgekühlter Mixgetränke.

„Ich habe seit dem Frühstück nichts gegessen", sagte Rayanne.

„Du hast nichts zu Mittag gegessen?" Amber nippte an ihrem Drink und leckte sich das gefrorene Fruchtmus von den Lippen.

„Es ist Dienstag. Ich war heute bei meiner Beraterin", informierte Rayanne ihre Mutter.

„Was denn für eine Beraterin?", fragte Amber.

Manchmal hat Amber ein noch kürzeres Gedächtnis als Jordan Catalano. „Ms. Krzyzanowski? Meine Drogenberaterin?", half Rayanne ihrem Gedächtnis auf die Sprünge.

„Oh. Richtig. Na, dann lass uns doch mal sehen, was wir so haben." Mit dem Drink in einer Hand öffnete Amber die Tür des Tiefkühlschranks und spähte hinein. „Frühlingsrollen? Mini-Quiches? Piroggen!"

„Mir steh'n die ständigen Vorspeisen bis hier oben!", beklagte sich Rayanne.

„Also gut." Amber schloss die Tür des Tiefkühlschranks. „Ich schätze mal, es geht eigentlich gar nicht ums Abendessen. Was ist los?"

„Nichts ist los." Rayanne spielte mit dem Ende ihres Zopfs. Im Grunde konnte sie ihrer Mutter gegenüber auch ehrlich sein. Wenn sie schon mit ihr nicht ehrlich umgehen konnte, mit wem denn dann? „Angela hat mich gebeten, nach der Schule zu ihr zu kommen. Und als ich da auftauche, ist sie gar nicht da."

„Habt ihr zwei Streit?“, fragte Amber.

„Nein“, sagte Rayanne.

„Also, was hast du angestellt?“

„Was ich angestellt habe?“, fragte Rayanne. Warum muss immer ich es sein. Nicht alles ist meine Schuld. „Ich hab gar nichts angestellt! Sie hängt jetzt nur einfach ständig mit Jordan herum.“

„Dann verbring du doch auch deine Zeit mit ihm. Du hängst mit ihr herum, während sie mit Jordan herumhängt. Und du kennst doch auch Jordans Freunde. Werde ein Teil davon, Raynnie. Das ist doch nicht schwer. Alle haben dich gerne.“

Rayanne zuckte die Achseln und dachte darüber nach. Vielleicht hatte Amber ja recht. Vielleicht würde es so funktionieren.

Amber wandte sich um und sah auf der Suche nach mehr Ideen fürs Abendessen den Kühlschrank durch. Plötzlich stieß sie einen Schrei aus.

„Ooh! Sieh mal, was wir da haben – Reste vom Chinesen!“ Sie öffnete eine weiße Box und guckte hinein. „Raynnie … Butterfly-Shrimps!“ Sie spazierte zu Rayanne hinüber, die auf der Armlehne der Couch saß, und holte eine große Garnele aus der Packung. Sie hielt sie Rayanne vor den Mund.

Rayanne öffnete den Mund und biss ein Stück von der kalten Garnele ab. Dabei kam sie sich ein bisschen wie ein Delfin in Sea World vor.

„Raynnie, ich habe eine Menge deiner Freunde kommen und gehen sehen“, fuhr Amber fort. „Die meisten von ihnen? Haben mich keinen Pfifferling interessiert.

Aber Angela … die ist etwas Besonderes.“

Ich weiß, dachte Rayanne. Und ich weiß auch, dass ich einiges ganz schön vermasselt habe. Und nun muss ich alles wieder in Ordnung bringen.

„Was ich immer noch nicht ganz verstehe ist, wieso Tino überhaupt ausgestiegen ist. Das ist so …“ Jordan lehnte seinen Kopf gegen die Lehne seines Autositzes. „Frustrierend. Kannst du dir vorstellen, wie das ist? Herumsitzen zu müssen und sich auszudenken, warum jemand etwas getan hat. Was jemand … denkt oder so.“

Das ist nur das, was ich jedesmal tue, wenn ich mit dir rede, dachte sie. „Nein, das kann ich mir nicht vorstellen.“ Regen prasselte auf die Windschutzscheibe. Mit jemandem bei Regen im Auto zu sitzen hat etwas Romantisches. Vor allem, wenn dieser Jemand Jordan Catalano ist.

Plötzlich wurde die Tür aufgerissen. Rayanne stieg hinten in den Wagen ein und machte sich ohne lange zu fragen auf der Rückbank breit.

„Hey, was läuft denn so?“, fragte sie locker.

Jordan warf Angela einen Blick zu, als wäre Rayannes Eindringen irgendwie ihre Idee gewesen. Nichts lag der Wahrheit ferner. Sie hatte gedacht, sie und Jordan würden so einen … Moment erleben. Sie lächelte ihn nervös an und drehte sich dann zu Rayanne um. „Oh. Rayanne. Hi!“

Jordan guckte Rayanne an und schaute dann geradeaus.

„Also …“ Angela spürte das verlegene Schweigen, das

sich im Wagen breitmachte, wie Nebel in einem geschlossenen Raum. „Meine Eltern haben mir gesagt, dass du gestern vorbeigekommen bist. Aber ich hatte nicht gedacht, dass du wirklich kommen würdest, deshalb …“

„Kein Problem. Ich hab ein Sechserpack Bier weggeschluckt, mir ein paar Ecstasypillen reingeknallt und war danach so gut wie neu.“ Rayanne strahlte.

Ich hoffe, sie macht nur einen Scherz, dachte Angela. Manchmal bin ich mir da echt nicht so sicher.

Rayanne rutschte auf der Rückbank nach vorne. „Und, Catalano. Wie läuft's denn so?“

Jordan sah nicht danach aus, als ob er antworten wollte. Er tat so, als wäre Rayanne eine Biene, von der er hoffte, sie würde von alleine aus dem Wagen hinausfliegen, damit er sie nicht töten oder rechts ranfahren musste.

Angela drehte sich um. „Er hat gerade gesagt, dass die Frozen Embryos endlich einen Auftritt in dieser Talentshow im Vertigo bekommen haben – dieser Kneipe?“

„Ich denke, ich weiß, was das Vertigo ist. Schließlich hab ich dich dorthin mitgenommen“, sagte Rayanne.

„Stimmt. Wie auch immer, sie haben keinen Sänger. Und nun geht es darum, ob sie das Ganze abblasen oder versuchen sollen, bis zum nächsten Donnerstag jemanden zu finden, oder …“

„Tino macht also noch immer auf stur, hah?“

Jordan wandte sich Angela zu. „Könntet ihr beiden … verschwinden?“

Angela fühlte sich, als hätte er sie gerade zur Wagentür

hinausgestoßen – während der Fahrt. Danke, Rayanne. Danke, dass du mir diesen Beinahe-Moment mit meinem Beinahe-Exfreund total verdorben hast.

„Oh, mein Gott, Angela. Ich hatte gerade eine absolut unglaubliche Idee. Ich bin so brillant, dass es mich selbst verblüfft. Ich bin es!“, schrie Rayanne zehn Minuten später, während sie den Korridor in der Liberty Highschool entlanglief und auf und ab hüpfte.

„Du bist was? Was für eine Idee hast du?“, fragte Angela.

„Ich sollte die neue Sängerin – der Frozen Embryos sein!“, verkündete Rayanne hippelig.

Angela sagte gar nichts. Sie hielt das für keine besonders gute Idee. Es machte eindeutig keinen Sinn, deswegen völlig aus dem Häuschen zu geraten, wo sie doch nicht einmal wussten, ob die Frozen Embryos überhaupt willens waren, Tino durch eine weibliche Sängerin zu ersetzen. Und außerdem: war Rayanne denn überhaupt eine Sängerin? Oder konnte sie einfach nur ganz gut zu Musik aus dem Radio trällern?

„Ich meine es ernst. Rede mit Jordan darüber“, sagte Rayanne.

„Rayanne … ich bin nicht sicher, ob sich das besonders realistisch anhört“, sagte Angela, um Zeit zu schinden.

„Realistisch? Was ist das für ein Wort? Was klingt denn überhaupt realistisch? Ich habe gerade einen ganzen Monat stocknüchtern verbracht. Das klingt auch nicht realistisch, aber es ist wahr, oder?“

Angela wechselte ihre Bücher nervös von der einen

Hand zur anderen. „So etwas kann ich Jordan einfach nicht sagen. Ihm quasi vorschreiben, wen er in seine Band aufnehmen soll“, sagte sie.

„Jetzt komm schon, Angela. Denk mal drüber nach! Wir könnten so ’ne Menge Spaß haben“, sagte Rayanne. „Du hängst mit der Band herum, ich bin in der Band. Bitte! Er tut’s, wenn du ihn darum bittest.“

„Nein, das wird er nicht“, sagte Angela. „Er ist Jordan Catalano. Er tut nie, worum man ihn bittet.“ Oder worum ich ihn bitte.

„Versprich mir einfach nur, dass du ihn für mich fragst. Angelica. Bitte?“, bettelte Rayanne.

Rayanne war so aus dem Häuschen, dass Angela es nicht übers Herz brachte, sie zu enttäuschen. „Klar. Ich versprech’s“, sagte sie. Aber aus irgendeinem Grund war ihr gar nicht wohl dabei.

„Danke!“ Rayanne umarmte Angela heftig und tanzte mit ihr über den Korridor. „Das wird bestimmt ganz toll!“

Angela umarmte Rayanne ebenfalls. Ich hoffe es sehr, dachte sie. Aber ich bin mir da nicht so sicher.

2

„Ich mag gar nicht an die Probe heute Abend denken. Da, wo Tino früher war, ist jetzt dieses riesige Loch."

„Es tut mir Leid", sagte Angela zu Jordan. Er hatte sie am Morgen von zu Hause abgeholt und zur Schule gefahren, doch keiner von beiden war in der Stimmung hinein zu gehen. „Ich bin sicher, es wird schon weitergehen. Irgendwie. Ich meine, du wirst jemand anderen finden. Um Tino zu ersetzen – nicht mich. „Zu guter Letzt."

„Ja, klar." Jordan hörte sich nicht sonderlich überzeugt an.

„Wie auch immer, wahrscheinlich sollte ich in Englisch gehen." Denn wenn ich jetzt nicht auf der Stelle gehe? Dann zerfließe ich auf deinem Wagensitz. Daraus ist er wahrscheinlich gemacht, oder? Aus Mädchen, die du dazu gebracht hast, dahinzuschmelzen?

Angela öffnete die Tür und stieg aus dem Wagen. Sie ging los, drehte sich dann aber noch einmal um. Jordan drehte das Fenster herunter und schaute zu ihr hoch.

„Also, hör mal. Wahrscheinlich ist es ja eine ziemlich blöde Idee", begann Angela. „Aber was würden die Frozen Embryos von einem Mädchen halten? Ich meine, zum Singen. Wie … Rayanne Graff oder so".

„Rayanne Graff?" Jordan sah sie entgeistert an.

Ich wusste, ich hätte nicht fragen sollen. Ich kann ihn wegen gar nichts fragen. „Ja, also ich weiß nicht recht. Vergiss es." Angela brachte es fertig, ihm ein angedeutetes Lächeln zu schenken, drehte sich dann um und ging davon. Zumindest hatte sie es versucht.

„Hat Angela mit Catalano gesprochen?", fragte Rayanne.

„Oh." Rickie trat von einem Fuß auf den anderen, er fühlte sich unbehaglich. „Du hast also … noch nicht mit ihr darüber geredet?"

„Nein, ich sehe sie ja nie!", beklagte sich Rayanne. „Es sieht schon fast so aus, als ob sie mir aus dem Weg geht."

„Rayanne", sagte Rickie. „Jetzt fängst du aber langsam an, paranoid zu werden."

„Und? Hat sie nun mit ihm gesprochen oder nicht?", fragte Rayanne. „Ich weiß nämlich, dass sie heute Abend proben. Und wenn ich in der Band singen will, sollte ich doch wahrscheinlich dabei sein, stimmt's?"

„Sieh mal, Rayanne. Wenn sie dich vielleicht gar nicht haben wollen …" Rickie gab sich alle Mühe, es ihr schonend beizubringen.

„Wieso sollten sie mich nicht haben wollen? Ich sehe süß aus, ich bin eine total heiße Nummer. Und ich kann eindeutig genauso laut und grässlich singen wie Tino", erklärte ihm Rayanne.

„Genau. Darum geht's mir irgendwie auch. Ich meine, es gibt tonnenweise andere Bands an der Schule." Rickie zuckte die Achseln. „Du könntest bei denen singen. Al-

so wozu brauchst du die Frozen Embryos überhaupt?"
„Ich brauche sie nicht. Wenn schon, dann brauchen die mich", sagte Rayanne stolz. „Die sind ja noch nicht einmal mehr die Frozen Embryos – sie haben überhaupt keinen Namen. Was perfekt ist. Ich werde ihnen einen Namen verpassen", meinte sie. „Damit bricht eine völlig neue Ära an – die Ära mit mir."
„Frozen Rayanne?" Rickie rümpfte die Nase, als er aus den Augenwinkeln heraus Brian Krakow entdeckte. „Sieh mal, ich möchte nur nicht, dass du … die Bandgeschichte … wichtiger nimmst, als sie ist."
„Was? Du denkst wohl, ich würde mich wegen so einer blöden Band um den Verstand saufen?", sagte sie verächtlich. „Das denkst du doch, oder?"
„Nein, natürlich nicht!", schrie Rickie. Natürlich wäre es immerhin möglich. „Es ist nur … sieh mal, ich habe mit Angela darüber gesprochen. Und ich bin mir einfach nicht sicher, ob es funktionieren wird."
„Wieso?", fragte Rayanne.
„Ich schätze, die wollen gar kein Mädchen für den Gesang", sagte Rickie.
„Warum nicht? Hat Angela ihm denn nicht erklärt, wie gut ich bin?", fragte Rayanne.
„Das weiß ich nicht. Ich war nicht dabei, schon vergessen?", antwortete Rickie. „Ich erzähle dir nur, was sie gesagt hat. Ich meine, vielleicht solltest du selbst mal mit Angela reden."
„Vielleicht tu ich das wirklich." Rayanne schwang sich ihre Tasche über die Schulter und marschierte eingeschnappt den Gang entlang davon.

„Was ist los? Was hat sie angestellt?", fragt Brian, der neben ihn trat.
„Nichts. Bis jetzt." Rickie legte eine Pause ein. „Aber weißt du, ich habe sie schon öfter so erlebt. Wenn sie wegen irgendetwas völlig aus dem Häuschen gerät? Dann ist das irgendwie gefährlich."

Sharon Cherski starrte Rayanne verwundert an, als die aus Toilettenkabine herauskam. „Hast du da gerade gesungen?"
„Und?"
„Nichts." Sharon wollte Rayanne nicht unbedingt ein Kompliment machen – die hielt sich ja sowieso immer für besser als alle anderen. Aber sie musste zugeben, das Mädchen konnte singen. Wenn man bedenkt, dass sie ... du weißt schon. Daneben ist. Meterweit. „Du hast wirklich eine gute Stimme", bemerkte Sharon.
„Entschuldige mal – hab ich etwa gesagt, du sollst zuhören?", fragte Rayanne.
„Oh, entschuldige – mir war nicht klar, dass dies hier dein privates Aufnahmestudio ist", erwiderte Sharon.
„Tut mir Leid – aber das ist es." Rayanne setzte sich schwungvoll auf das Waschbecken neben dem, an dem Sharon stand. „Hör mal, Cherski, ich weiß, du kannst mich nicht leiden. Aber deiner Meinung nach – findest du, dass ich einigermaßen singe? Könnte ich vor Leuten singen – mal abgesehen von Leuten in der Toilette?"
„Klar. Wenn du dich vorher ein bisschen normaler anziehen würdest", sagte Sharon, „denn da wird es auch andere Leute geben und ..."

„Es gibt da eine Sache, zu der würde ich gerne deine Meinung hören." Rayanne hüpfte vom Waschbecken hinunter und begann auf und ab zu gehen wie ein Anwalt, der zu den Geschworenen spricht. „Sagen wir mal, eine gewisse Person findet heraus, dass es da vielleicht eine Möglichkeit für sie gibt, in einer Band unterzukommen, die einen Sänger braucht. Und sagen wir mal, diese gewisse Person kann singen."

„Diese Person bist du, stimmt's?", fragte Sharon.

„Diese gewisse Person bittet also eine andere Person, ein gutes Wort für sie einzulegen", fuhr Rayanne fort. „Weil diese andere Person mit jemandem herumhängt, der in dieser Band ist. Doch was tut diese andere Person? Macht ein Riesentheater deswegen. Tut so als … im Grunde genommen so, als ob sie das nicht tun wollte."

„Warum? Weil sie selbst Sänger werden will?"

„Nein", sagte Rayanne und schüttelte den Kopf.

„Also. Diese Person, ich meine diese andere Person", sagte Sharon bedächtig. „Das ist Angela, stimmt's?"

Eine Sekunde lang betrachtete Rayanne ihr Spiegelbild. „Stimmt."

„Ich sage nur … stell ihn leiser!", brüllte Joey, der Schlagzeuger in Jordans Band, Ralph, den Bassisten an.

„Was redest du da? Mein Bass wäre zu laut?", schnauzte Ralph. „Einen Moment mal. Weil Tino ausgestiegen ist, bestimmst du jetzt für alle, wo's lang geht?"

„Zumindest ist es mir klar, wenn etwas entsetzlich klingt …", gab Joey reichlich gereizt zurück.

„Es reicht!“, schrie Jordan und ging zu den beiden hinüber. Er war in seinem ganzen Leben noch nie so frustriert gewesen. „Könnten wir wenigstens diesen einen Song einmal durchspielen?“

„Ich bin weg. Ich brauche was zu essen“, sagte Joey, stand auf und ließ sein Schlagzeug Schlagzeug sein.

„Es reicht! Seht uns doch an! Wir sind ’ne Lachnummer!“, schrie Jordan. „Wir sind keine Band mehr. Wieso bezahlen wir überhaupt noch für diesen Übungsraum? Wir, naja … üben doch nicht mal. „Wir haben noch nicht einmal einen Namen.“

Jordan konnte sich nicht vorstellen, dass es noch schlimmer werden konnte. Da entdeckte er, dass sich Rayanne Graff irgendwie unbemerkt in den Übungsraum geschlichen hatte, während sie sich stritten. Was wollte die denn hier? Hatte er sich nicht … deutlich genug ausgedrückt?

Während Joey ein Sandwich futterte und sich mit Rayanne unterhielt, und Ralph sich darüber beschwerte, griff Jordan zum Telefon. „Also, Rayanne Graff ist hier“, erklärte er Angela, als sie sich am anderen Ende meldete.

„Rayanne ist da?“ Angelas Stimme quiekte. „Was tut sie denn da?“

„Keine Ahnung. Das wollte ich eigentlich dich fragen“, sagte Jordan. „Ich meine, niemand hat sie eingeladen. Jetzt schmeißt sie sich an meinen Schlagzeuger ran und führt sich auf, als ob sie scharf wäre … wieso?“

„Ich weiß nicht. Ich habe nichts damit zu tun. Wie läuft

denn eure Probe?", fragte Angela.

„Es nervt total. Im Augenblick hocken alle nur rum und trinken Bier", sagte Jordan. Er beobachtete Rayanne, als Joey ihr ein Bier anbot. Sie trinke nicht, sagte sie. Richtig. Dafür lag sie buchstäblich auf ihm drauf.

„Also, das tut mir wirklich Leid", sagte Angela. „Das mit Rayanne. Aber ich freue mich, dass du angerufen hast. Ich meine, es ist das erste Mal, dass du mich angerufen hast."

Jordan starrte Rayanne und Joey an. Wenn die beiden ernsthaft zusammenkamen ... dann steckten die Frozen Embryos aber böse in der Klemme. „Ich muss wieder." Er hängte unvermittelt auf.

„Hi." Angela überraschte Jordan, der auf dem Korridor der Liberty in der Nähe des Eingangs an der Wand lehnte.

„Hey." Er wandte sich ihr zu, seine Augen waren ein wenig glasig, als hätte er sich gerade seine Tropfen appliziert.

„Hör mal, ich muss dir etwas sagen", begann Angela. Es war so wichtig für sie, dass Jordan das richtig verstand. „Ich hatte keine Ahnung, dass Rayanne vorhatte, gestern Abend in eurem Übungsraum aufzutauchen. Und was das betrifft, dass ich gesagt habe, sie wäre gerne in der Band? Da möchte ich sicher sein, dass du nicht das Gefühl hast, ich wollte irgendwie Druck auf dich ausüben oder was auch immer."

„Sie ist drin", unterbrach Jordan sie.

„Was?"

„Sie ist in der Band“, sagte Jordan.

„Oh. Du meinst … im Ernst?“, fragte Jordan.

„Es war nicht meine Idee.“ Jordan trat einen Schritt zur Seite und zeigte Angela, dass Rayanne ein Stück hinter ihm auf dem Gang stand und mit Joey knutschte.

So ist sie also in die Band gekommen? Indem sie mich und dann Joey benutzt hat?, fragte sich Angela.

„Das Ganze wird mir langsam zu verrückt“, sagte Jordan. Er schaute Angela eine Sekunde lang an, dann drehte er sich um und stiefelte davon.

Er braucht mich, dachte Angela. Er ist durcheinander. Sie wollte ihm gerade nachgehen, als jemand sie von hinten packte.

„Angelica!“ Rayanne begann Angela wie zum Square Dance im Kreis herumzuwirbeln. „Angela, ich bin drin! Ich bin – ein Embryo. Oder wie immer wir auch heißen werden. Ist das nicht wahnsinnig cool?“

„Ja, ich hab's schon gehört! Das ist echt toll“, sagte Angela und gab sich Mühe, einigermaßen begeistert zu klingen. Sie hatte Rayanne schon lange nicht mehr so glücklich und ausgelassen erlebt. Aus irgendeinem Grund fühlte sie sich deshalb unbehaglich.

„Hey, Rayanne!“, rief Joey barsch über den Korridor herüber. „Kommst du oder was?“

„Ich muss los. Ich ruf dich später an, okay?“ Rayanne küsste Angela auf die Backe und rannte los, um sich Joey anzuschließen.

Angela sah ihr nach, wie sie neben ihm den Korridor entlanghüpfte. Wieso ging ihr diese Geschichte bloß dermaßen gegen den Strich?

Rayanne umklammerte das Mikrofon fest mit einer Hand. Jordan, Joey und Ralph hinter ihr waren bereit loszulegen. Konzentrier dich, sagte sie sich.

Joey begann auf den Schlagzeug zu einzuhämmern. „Eins, zwei, drei, vier ...“

Rayanne schüttelte ihren Kopf im Takt und bereitete sich darauf vor, mit Singen anzufangen. Sie zählte die Schläge ab ... und zählte ... und zählte ... wann genau sollte sie denn eigentlich einsetzen? Jetzt!, gab sie sich selbst das Kommando.

Sie öffnete den Mund und fing an – doch es war kein Ton zu hören. Sie klopfte mit den Fingern aufs Mikrofon. „Das Ding hier funktioniert nicht!“, beschwerte sie sich.

Sie hörten alle zu spielen auf.

„Leg den Schalter um“, sagte Jordan.

„Oh.“ Rayanne schaltete das Mikrofon ein, nickte und sie begannen ein weiteres Mal mit den ersten Takten.

„Eins, zwei, drei, vier!“, rief Jordan.

Wieder öffnete Rayanne den Mund, aber es kam nichts heraus. Doch diesmal lag es nicht am Mikrofon.

Das nächste Mal war sie so damit beschäftigt, vor dem Mikrofon herumzutanzen und an ihrer Bühnenpräsenz zu arbeiten, dass sie ihren Einsatz völlig vergaß.

„Hey, Graff!“, brüllte Jordan sie an. „Was ist los?“

„Tut mir Leid. Jetzt hab ich's.“ Rayanne hüpfte auf und ab, als sie mit dem Stück zum fünften Mal begannen. Auf die Plätze ... fertig ...

Sie begann genau in dem Moment zu singen – als alle anderen zu spielen aufhörten.

„Hey, dreh deinen Verstärker runter!“, brüllte Joey

Ralph an. Er wandte sich an Jordan. „Catalano, sag ihm, er soll seinen Verstärker runterdrehen."

„Sag nicht Catalano, was er mir sagen soll! Sag's mir direkt", maulte Ralph.

Jordan sah sie alle völlig angewidert an. „Seht ihr, genau das ist es, weswegen Tino ausgestiegen ist." Er verließ seinen Platz und nahm seine Gitarre ab.

„Hey, ich bin auch weg, Mann", sagte Ralph.

„Ich ebenfalls", sagte Joey und rannte los, um ihn auf dem Weg zur Tür zu überholen.

Ein paar Sekunden später stand Rayanne ganz alleine vor dem Mikrofon ... in einem völlig leeren Übungsraum. So ist das also, wenn man ein Frozen Embryo ist.

„Hey, Graff!" Jordan hielt Rayanne am nächsten Tag auf dem Korridor an. „Der Typ aus dem Vertigo hat angerufen. Wir sollen heute Abend vorspielen."

„Was? Heute Abend?" Rayanne schnappte nach Luft.

„Ja, also ... versuch, dir einen Namen einfallen zu lassen.

Rayanne glotzte ihn entgeistert an. „Vergiss den Namen. Wir sind noch nicht soweit!"

„Du wirst das schon machen. Zieh dir einfach etwas Enges an oder so." Jordan schaute sie nicht an.

„Das ist deine Lösung? Dass ich mir das Blut abschnüre? Wir brauchen eine richtige Probe", verlangte Rayanne. „Die von gestern Abend zählt ja wohl nicht!"

„Sieh mal", sagte Jordan, der nun sauer wurde. „Du wolltest deine Chance. Jetzt hast du sie. Vermassel sie nicht!" Er stürmte davon.

„Es ist also wirklich okay, wenn ich mir diese Stiefel ausleihe?“, fragte Rayanne, als sie und Angela am Nachmittag bei Angela zu Hause die Treppe hinuntergingen.

„Absolut“, erklärte ihr Angela, während sie ins Esszimmer spazierten, wo Rayanne stehenblieb, um die Stiefel in ihre Tasche zu packen. „Also, ich hoffe wirklich, dass ich heute Abend kommen kann“, sagte Angela. „Es ist nur … du weißt schon.“

„Hör mal, wenn du nicht kannst, dann kannst du eben nicht.“ Rayanne zuckte die Achseln. „Das ist in Ordnung.“

„Sie machen immer so ein Theater, wenn ich abends weggehen will und am nächsten Tag Schule ist“, erklärte Angela.

„Ist schon okay, Angela. Rickie hat ungefähr die halbe Schule eingeladen“, meinte Rayanne, während sie ihren Mantel zumachte.

„Im Ernst? Naja, ich werd's auf jeden Fall versuchen. Hinzukommen. Welchen Song werdet ihr denn eigentlich spielen?“, fragte Angela.

„Oh, nein. Angela …“ Rayannes Miene zeigte Panik. Alle Farbe wich aus ihrem Gesicht. „Ich weiß es nicht. Das hat mir niemand gesagt!“ Sie sauste zur Hausbar und zog den Glasstopfen aus einer Brandyflasche. Sie schüttete etwas in ein Glas, dabei zitterte ihre Hand so heftig, dass sie beinahe alles verschüttete.

„Rayanne, was tust du da?“ Angela versuchte Rayanne das Glas aus der Hand zu nehmen. „Rayanne!“

„Komm schon, nur einen“, murmelte Rayanne. „Nur, um den heutigen Abend durchzustehen.“

„Rayanne, das ist es nicht wert. Bitte!“, flehte Angela.

Auf halbem Weg zu ihren Lippen hielt Rayanne das Glas an. Dann schaute sie Angela an und lachte schallend los. „Du hättest dein Gesicht sehen sollen!“ Sie stellte das Glas auf die Anrichte zurück und klopfte Angela, immer noch lachend, auf die Schulter. „Tschüss!“

„Also, heute Abend ist so ein Dings in dieser Kneipe. Dem Vertigo.“ Angela setzte sich an den Esstisch, wo ihre Eltern damit beschäftigt waren, Wäsche zusammenzulegen.

„Sie spielen den Film?“, fragte Mr. Chase. „Vertigo?“

„Nein, das ist der Name der Kneipe, Dad. Und Rayanne tritt da auf“, sagte Angela.

Ihre Eltern schauten sie mit ausdruckslosen Mienen an.

„Hört mal, ich habe Rayanne versprochen, dass ich euch frage, ob ich hingehen kann. Es ist nur so, dass ich eigentlich gar keine Lust habe hinzugehen“, erklärte Angela. „Und jetzt … habe ich ein schlechtes Gewissen. Ich komme mir so scheinheilig vor.“

„Rayanne tritt auf … als was?“, fragte Angelas Mutter.

„Sie singt, in dieser Band. In dieser Band, die ich irgendwie … so kenne. Ein paar Leute davon. Also gut – es ist Jordan Catalanos Band.“ Mussten sie ihr das unbedingt aus der Nase ziehen? Spielte es eine Rolle, wessen Band es war? Naja, also gut. Irgendwie schon.

„Aber das hat nichts mit Jordan zu tun“, sagte sie nachdrücklich. „Oder damit, dass wir uns getrennt haben oder so. Die Sache ist ziemlich verrückt. Es ist etwas zwischen Rayanne und mir. Etwas, das ich nicht einmal, also … erklären kann.“ Sie schaute auf und sah, dass ihre Eltern sie anblickten und ihr aufmerksam zuhörten. „Aber es ist da. Und zwar schon eine ganze Weile. Im Grunde … seit dieser Nacht.“ Sie sah ihre Mutter an. „Als du sie ins Krankenhaus gebracht hast. Darum geht's irgendwie. Aber wir reden nie darüber.“

Angela wusste nicht, was sie sonst noch sagen sollte. Und sie hatte auch keine Lust, sich die Antwort ihrer Eltern anzuhören. Sie hatte die Sache nur jemandem erzählen müssen … irgendjemandem.

3

Rayanne peste neben der Bühne auf und ab. Wieso hatte sie das an, was sie anhatte? Warum wollte sie eigentlich in dieser Band sein? Wo war Angela? Wessen Idee war das alles überhaupt?

Sie spähte ins Publikum hinaus. Rickie war da – wie immer. Gott sei gedankt für Rickie. Auch wenn er sich soweit herabließ, mit Brian zusammenzusitzen.

„Ist das an?" Die Managerin des Vertigo testete das Mikrofon. Die Rückkoppelung ließ Lautsprecherboxen laut aufjaulen.

„Whoops! Will … Willkommen zur Nacht der Bands im Vertigo! Wir haben eine Menge Leute hier, die heute Abend auftreten werden, deshalb … ah … okay, die Ersten … Einen tollen Applaus für …" Sie starrte auf den Merkzettel, den sie in der Hand hielt. „Frozen … Embers? Ist das der Name?"

Jordan trat auf die Bühne hinaus. „Das sind wir nicht. Ich meine, das waren wir einmal, aber jetzt sind wir, ehm, irgendwie … ohne Namen."

„Also gut, dann. Bitte begrüßt … die Band ohne Namen!", rief die Managerin.

„So heißen wir nicht", maulte Joey, der hinter seinem Schlagzeug Platz nahm.

„Halt die Klappe!", fauchte Ralph ihn an, während er auf die Bühne trat.

Rayanne folgte ihm. Sie hatte sich nie zuvor so … auffällig gefühlt. Was seltsam war, weil ihr ganzes Leben darin bestand, aufzufallen. Sie baute sich hinter dem Mikrofon auf. Es ragte hoch über ihren Kopf hinaus. Sie verstellte die Höhe und da sauste das Mikrofon auf Hüfthöhe hinab. Okay. Bleib ruhig. Sie stellte es noch einmal ein. Dann sah sie zu Jordan hinüber. Was nun? Wollten sie einfach loslegen oder …

„Mach schon", herrschte er sie an. „Sag ‚hi'."

„Hi. Da draußen." Es gab ein lautes, schrilles Geräusch.

„Ah, das ist Rayannes erstes Mal", sagte Jordan, der sich zum Mikrofon vorbeugte. „Ich meine, dass sie mit uns singt."

Im Publikum wurde Kichern laut. Rayanne hätte ihm liebend gerne eine geknallt.

„Eins, zwei, drei, vier!", rief Jordan und die Band begann ihren Song.

Rayanne ruckte mit dem Kopf auf und ab und wartete auf ihren Einsatz. Oops, dachte sie, als sie merkte, wie die Akkorde an ihr vorbeirauschten. Hab gerade meine Chance verpasst. Na, dann beim nächsten Mal.

Sie tänzelte vor und zurück, wartete wieder. Sie schaute auf das Kneipenpublikum hinaus. Kein volles Haus, aber auch nicht allzu schlecht besucht …

Oops. Schon wieder verpasst. Sie warf Jordan einen nervösen Blick zu. Okay, jetzt keine Patzer mehr. Dieses Mal musste sie die Kurve aber wirklich kriegen.

Doch je mehr Zeit verstrich, desto unsicherer wurde sie, wann genau sie einsetzen sollte.

„Los", sagte ihr Jordan. „Fang endlich an!"

Rayanne begann zu singen. Doch als sie ihre Stimme durch die Lautsprecher röhren hörte, bekam sie zu viel. Das klang gar nicht nach ihr. Es klang … entsetzlich.

Sie hörte zu singen auf, erstarrte und glotzte ins Publikum. Ich glaube nicht, dass dies das ist, was sie mit Frozen Embryos meinten.

Ein Pärchen wandte sich zum Gehen. Sie standen auf und zogen ihre Mäntel an. Die gehen, weil ich so schrecklich bin, dachte Rayanne. Die Zeit schien still zu stehen, während sie noch immer auf der Bühne herumtanzte. Die Musik spielte weiter und weiter … nur, es gab keinen Gesang. Sie wollte singen. Das wollte sie wirklich. Aber sie konnte sich nicht dazu überwinden.

Da sprang sie von der Bühne hinunter und rannte zwischen den Zuschauern hindurch auf den Ausgang zu.

Rickie sprang von seinem Stuhl auf, als Rayanne an ihm vorbeirauschte. „Rayanne! Rayanne!", rief er und rannte ihr hinterher. Brian folgte ihm.

Im Laufen hörte er, wie die Band wieder und wieder die Einleitungsakkorde spielte und dann hörte er die Stimme von Jordan, der zu singen begann. Sie war gar nicht mal so schlecht. Wieso hat er das nicht gleich getan?, fragte sich Rickie, während er Rayanne durch den Keller hinterher hetzte. Und uns allen eine Menge erspart?

Rickie riss die Tür zum Kellergang auf und versperrte Rayanne mit einem Sprung den Weg. „Rayanne, es ist okay", sagte er und nahm sie am Arm.

„Lass mich! Rickie, lass mich! Geh mir aus dem Weg!", brüllte Rayanne.

„Rayanne, es ist okay", erklärte ihr Rickie noch einmal.

„Halt die Klappe! Es ist nicht okay. Und das weißt du auch!" Rayanne schlug ihm auf den Arm. „Und jetzt wissen es alle!"

„Sag so was nicht", meinte Rickie.

„Ihr habt doch alle gedacht, dass ich es vermasseln würde, oder?", fragte Rayanne mit bebender Stimme. „Dann gratuliere ich. Ihr habt Recht gehabt." Sie riss die Ausgangstür auf und stürmte hinaus.

„Rayanne, warte!", rief Rickie ihr nach. „Rayanne!"

Brian trat neben ihn. „Mach dir keine Sorgen. Ich meine, es gibt wahrscheinlich keinen Grund, sich Sorgen zu machen", sagte er nervös.

„Doch", sagte Rickie bekümmert. „Den gibt es."

„Amber? Hi. Hier ist Patty Chase, Angelas Mutter? Es tut mir leid, dass ich Sie einfach so überfalle. Ich habe versucht anzurufen, aber – wie auch immer, ich musste einfach vorbeikommen. Rickie hat gestern Abend bei uns angerufen. Er machte sich Sorgen, nachdem Rayanne davongelaufen ist. Und ... nun ... wir denken, dass Rayanne wieder trinkt."

Amber glotzte sie an. Wer war diese Frau? Es war gerade mal sieben Uhr morgens und diese Frau war bereits fix und fertig angezogen, stand vor ihrer Tür – und redete über ihre Tochter?

„Ich habe in unserer Hausbar ein Glas entdeckt ... mit Whisky darin. Naja, also mit dem, was davon übrig war.

Und Rayanne war an dem Tag bei uns, und da …"

„Also … muss es ganz automatisch Rayannes Glas gewesen sein? Was haben Sie getan, Fingerabdrücke abgenommen?", sagte Amber verärgert. „Glauben Sie etwa, ich würde mein eigenes Kind nicht kennen?"

„Als uns Rickie gestern Abend anrief, war er völlig hysterisch. Er hat mir erzählt, Rayanne wäre verschwunden", sagte Mrs. Chase.

„Was? Verschwunden?", fragte Amber.

„Amber, ich weiß, dass ich das eigentlich nicht tun sollte. Ich bin auch nicht hier, um Ihnen zu sagen, wie Sie ihre Tochter erziehen sollen."

Amber verschränkte die Arme vor der Brust. „Sind Sie nicht?"

„Ich kann nicht anders! Ich stecke da mit drin, ob Ihnen das gefällt oder nicht. Sie können mich meinetwegen hassen, wenn Sie das möchten, aber ich kann nicht einfach daneben stehen und zusehen, wie dieses Mädchen sich selbst zerstört."

Amber hörte, dass der Teekessel auf dem Herd zu pfeifen begann – das Wasser kochte.

„Will das nicht mal jemand abstellen?" Rayanne kam schlaftrunken in die Küche spaziert und rieb sich die Augen. „Es ist entsetzlich laut."

Amber lächelte hochzufrieden. Gelungener Auftritt, mein Kind. Genau im richtigen Augenblick.

Patty Chase sah aus, als hätte sie ihre Zunge verschluckt. „Rayanne, ich … ich verstehe das nicht. Rickie hat uns angerufen. Er sagte, du wärst verschwunden", sagte sie und schien völlig verwirrt.

„Sie war gestern Abend hier“, sagte Amber. „Wo denn sonst? Wir haben Schokoladenkuchenteig gefuttert und das Telefon abgestellt.“ Sie legte ihre Arme um Rayanne. „Du brauchst heute nicht zur Schule zu gehen, wenn du nicht möchtest, Raynnie.“

„Nein, ich will gehen. Armer Rickie. Er hatte bestimmt mindestens vierzehn Herzanfälle“, sagte Rayanne.

„Ich kann sie hinfahren“, erbot sich Patty.

„Schön, ich schreibe ihr nur rasch eine Entschuldigung für die Verspätung.“ Amber schnappte sich ein Blatt Papier und begann, ein paar Worte darauf zu kritzeln. Dann hielt sie inne und sah zu Patty auf. So leicht würde sie Mrs. Chase nicht davonkommen lassen. „Ich bin eine gute Mutter. Sie können also getrost von Ihrem hohen Ross herunterkommen.“

Patty nickte. Sie sah bekümmert aus. Aber nicht überzeugt, stellte Amber fest. Eindeutig nicht überzeugt.

„Nur, dass Sie's wissen“, sagte Rayanne, als Angelas Mutter den Wagen fünfzehn Minuten später vor der Liberty Highschool anhielt. „Ich habe den Whisky nicht getrunken. Ich habe ihn zurückgeschüttet. Fragen Sie Angela.“

„Du hast wirklich keinen Alkohol mehr getrunken, seit dieser Nacht im Krankenhaus?“, wollte Mrs. Chase von ihr wissen.

„Nein. Habe ich nicht“, erklärte ihr Rayanne. „Das schwöre ich.“

„Warum hast du mir nicht erzählt, dass du nicht mehr zur Schulpsychologin gehst?“, fragte Mrs. Chase.

„Ich weiß nicht." Rayanne zuckte die Achseln. „Vielleicht nur, damit Sie denken, dass mit mir alles in Ordnung ist. Damit Sie nichts dagegen haben, dass ich ... Sie wissen schon. Befreundet bleibe. Mit Angela."

„Ich schätze, sie bedeutet dir viel", sagte Mrs. Chase.

„Ich schätze, das ist das Einzige, was wir gemeinsam haben." Rayanne hob ihre Tasche vom Boden auf und öffnete die Wagentür. „Danke fürs Mitnehmen, Mrs. ..."

„Du kannst mich Patty nennen." Mrs. Chase lächelte.

Cool, dachte Rayanne. Patty! So wie Amber. Sie stieg aus dem Wagen und ging los, blieb dann aber stehen und drehte sich um. „Patty? Danke. Ich meine, für mein Leben."

„Rickie! Rickie! Warte!"

Oh, nein. Sie ist hier. Rickie warf Rayanne, die im Schulsekretariat in der Schlange stand, einen Blick zu. Er wusste nicht, ob er erleichtert oder wütend sein sollte.

Rayanne knallte der Sekretariatsangestellten ihre Entschuldigung auf die Theke und lief ihm hinterher. „Rickie, warte! Rickie, komm schon, bleib stehen!"

Rickie riss seinen Arm zurück und drehte sich wütend zu ihr um. „Lass das! Fass mich nicht an."

„Rickie, komm schon ...", bettelte Rayanne.

„Nein. Ich kann nicht mehr!" Rickie hatte das Gefühl, jeden Moment zu platzen. „Du hast doch keine Ahnung, wieviel Angst ich hatte. Ich dachte schon, du wärst tot." Er packte sie am Arm, fing an sie zu schütteln und stieß sie rückwärts zwischen all den Leuten hindurch den Gang entlang. „Ich habe schon die Klamotten ausgesucht, die ich bei deiner Beerdigung tragen wollte!" Er ließ sie los und stieß sie von sich weg.

„Hey – au! Hör auf damit!", sagte Rayanne. „Rickie, das tut weh!"

„Ach, ja? Nicht weh genug", sagte Rickie grimmig. Er wandte sich um und eilte davon. Noch so einen Abend wie den gestrigen würde er nicht packen. So etwas wollte er nicht noch einmal durchmachen – weder für sie, noch für irgendjemanden sonst.

Auf seinem Weg zum Englischkurs traf er Angela.

„Hast du Rayanne gesehen? Ist sie hier?", fragte Angela.

Rickie, noch immer zu wütend um richtig sprechen zu können, nickte nur.

„Ist alles in Ordnung mit ihr?", fragte Angela.

„Ja. Weil ich beschlossen habe, sie am Leben zu lassen", schäumte Rickie.

„Rickie, nun komm schon. Ich weiß, dass du Angst hattest, aber …"

„Nein, das weißt du nicht", erklärte ihr Rickie. „Du kannst es dir nicht wirklich vorstellen. Weißt du, ich habe so etwas schon öfter mitgemacht. Siehst du, und das ist der Unterschied."

Rayanne schaute Angela nicht an. Sie sagte auch nicht „Hallo".

„Ich bin noch nie hier draußen gewesen." Angela trat auf die Plattform vor dem Notausstieg im obersten Stockwerk hinaus. „Also, Rickie hat wirklich Angst um dich gehabt, weißt du." Sie machte eine Pause. „Ich meine, ich auch." Sie machte eine längere Pause.

Sie wartete darauf, dass Rayanne etwas sagen würde, doch ihre Freundin rührte sich nicht.

„Also, was ist? Bis du jetzt sauer auf mich? Weil ich dich nicht singen gehört habe?", fragte Angela.

„Du hast nicht viel verpasst", sagte Rayanne. „Nur, wie ich mich zum Narren gemacht habe. Aber ich schätze, das hast du schon oft genug erlebt, nicht wahr?" Sie zuckte die Achseln. „Im Grunde war mir sowieso klar, dass du nicht kommen würdest."

Angela sah sie an und erst jetzt fiel ihr auf, dass Rayanne Tränen übers Gesicht liefen.

„Ich kann diese Blicke nicht mehr ertragen", sagte Rayanne unvermittelt.

„Was denn für Blicke?", fragte Angela.

„Du und Rickie. Ihr seht mich immer so an, als würde ich jeden Moment die Kontrolle verlieren und zu einer Sauftour aufbrechen. Ich halte es nicht mehr aus zu wissen, was ihr über mich denkt!", sagte Rayanne zornig.

„Und was denke ich?", sagte Angela sanft.

„Dass ich ein Wrack bin." Rayanne wischte sich mit dem Ärmel ihrer Jacke eine Träne von der Wange. „Dass ich zu kaputt bin, als dass du noch länger meine Freundin sein willst."

„Rayanne!", sagte Angela und ihre Augen füllten sich mit Tränen. „Das ist nicht wahr. Ich würde nie ... ich bin immer noch deine Freundin. Daran hat sich nichts geändert", sagte sie nachdrücklich.

Aber das ist nicht die ganze Wahrheit. Und irgendwie ... ist uns das beiden klar.

„Vielleicht war es früher ja ... einfacher. Vorher. Ich

meine, als du mich noch um Rat und so gefragt hast. Bevor … du es richtig gesehen hast“, sagte Rayanne leise.

„Was gesehen?“, murmelte Angela und trat näher.

„Du weißt schon. Wie total verkorkst ich bin.“

Angela trat hinter Rayanne und legte ihr den Kopf auf die Schulter. „Ich hätte da sein sollen. Gestern Abend“, sagte sie und schniefte leise. „Ich hätte für dich da sein sollen, egal, was auch passiert ist.“

Rayanne nickte. „Angelica … du fehlst mir so!“

„Ich weiß. Du fehlst mir auch“, erklärte ihr Angela. Zumindest der Teil ist wahr. Denn sie fehlt mir wirklich.

Da kam Rickie auf die Plattform heraus und Rayanne eilte zu ihm. Ohne ein Wort zu sprechen, umarmten sie sich.

„Ich schwöre zu Gott. Ich werde dich umbringen“, sagte Rickie.

„Ich weiß“, sagte Rayanne.

„Wir drängeln uns nicht vor, okay?“, sagte Angela, als sie sich am Abend neben Rickie in die Schlange stellte. Sie warteten vor dem Kino auf eine Sondervorführung des Films „Denn sie wissen nicht, was sie tun“.

„Wir waren quasi schon vorher da“, sagte Rayanne und reihte sich vor ihr in die Schlange ein.

„Ich habe ihnen sozusagen … die Plätze freigehalten“, sagte Rickie, als mehrere Leute in der Schlange sie anfunkelten.

Rayanne kicherte. „Ist James Dean ein Italiener? Ich liebe italienische Männer.“

„Jordan Catalano ist zum Teil Italiener“, meinte Angela.

Ausgelassen schlug Rayanne ihr mit ihrem Schal auf den Arm. „Ich hab dir doch gesagt, du sollst ihn nicht erwähnen“, zischte sie zwischen zusammengebissenen Zähnen hervor. „Wie auch immer, ich steh auf Latinos.“

„Wie mich?“, fragte Rickie.

Angela lachte. „Genau solche wie dich.“

„Nein! Ich liebe Luis“, sagte Rayanne. „Diesen Typen aus der Sesamstraße – den mit der Werkstatt!“

Angela lachte schallend los. „Du stehst auf Luis?“

„Klar! Er ist so was wie ein Genie. Ich meine, er kann alles reparieren. Und er ist schlau.“

„Und du bist total verrückt“, sagte Angela, als Rayanne anfing, den Titelsong aus der „Sesamstraße“ zu singen. Sie tanzte auf dem Bürgersteig herum, sang und schmetterte das Kinderlied mit kehliger, sexy Stimme.

Angela schaute sich um. Alle blickten auf Rayanne – alle! Sie sang, als ob sie eigentlich in einen Club gehörte. Und sie hatte eine wunderbare Stimme.

Warum hatte es ihr eigentlich nicht gepasst, dass Rayanne in die Band wollte? Hatte sie Angst vor Rayanne? Oder war sie eifersüchtig, weil ihre Freundin auf diese Weise mehr Zeit mit Jordan verbringen hätte können?

Als Rayanne das Lied beendet hatte, verbeugte sie sich, während ihre Zuschauer, die Kinogänger, klatschten. „Danke, danke“, sagte Rayanne.

Rickie lächelte Angela zu. „Sie ist echt gut. Ich weiß gar nicht, weswegen ich mir solche Sorgen gemacht habe!“

Da beobachteten sie, als liefe alles in Zeitlupe ab, wie

Rayanne sich zu ein paar Typen vor ihnen in der Schlange gesellte und einen tiefen Schluck aus der Bierflasche nahm, die sie ihr anboten.

Angela schaute Rickie an, sie fühlte sich hilflos. Vielleicht war dies der Moment, in dem alles wieder zur Normalität zurückkehrte.

4

„Angela hat neue Stiefel bekommen!“, meckerte Danielle mit einem Gesicht, das vor Neid rosig angelaufen war.

Angela saß auf der Klavierbank und versuchte sich daran zu erinnern, wie man „Stille Nacht“ spielte. Es waren nur noch wenige Tage bis Weihnachten und im Haus der Chase herrschte totales Chaos. Ihre Mutter schrieb Dutzende von Weihnachtskarten, ihr Vater dekorierte alles, was nicht niet- und nagelfest war … Die Szene war typisch für Weihnachten, dachte Angela, nur … irgendetwas fehlte. Etwas Wichtiges.

„Oh, Danielle, hör auf damit dauernd aufzurechnen“, Mrs. Chase.

Angelas Vater legte eine Arbeitspause ein und bewunderte Angelas neue, robuste schwarze Stiefel. „Die sehen gut aus. Die sind bestimmt schön warm.“

„Wie kommt es eigentlich, dass wir nie mehr in die Kirche gehen?“, fragte Angela plötzlich.

„Äh … nun …“ Ihr Vater mühte sich damit ab, eine Lichterkette für den Christbaum zu entwirren.

„In den letzten paar Jahren, weißt du …“ Ihre Mutter klang unbestimmt. „Ihr Mädchen … nun ihr habt nicht allzu viel Begeisterung dafür gezeigt.“

„Also, glaubt ihr eigentlich an Gott?“, fragte Angela.

Ihre Eltern schauten sich gegenseitig an und setzten zu einer gemeinsamen Antwort an. „Nur weil wir nicht in die Kirche gehen …", begannen die beiden.

„Du kannst an Gott glauben, auch wenn du nicht …" Mr. Chase suchte nach Worten.

„Müssen wir uns unbedingt über Religion unterhalten?", unterbrach Danielle sie. „Immerhin ist Weihnachten."

Nun … genau, dachte Angela. Genau das ist der Grund, warum wir darüber reden sollten. Wieso hatte bloß niemand Lust dazu?

„Junge, Junge, die Leute fahren ja total auf diesen Weihnachtsrummel ab," meinte Rayanne, als sie und Angela an dem Raum vorbeikamen, in dem der Schulchor gerade „Away in a Manger" übte. Es war der vorletzte Tag vor den Weihnachtsferien.

„Willst du damit sagen, dass du dich von all dem nicht anstecken lässt?", fragte Angela.

„Klar doch. Manchmal. Aber meine Mom und ich warten damit bis nach Weihnachten. Du weißt schon, wenn die Weihnachtssachen im Ausverkauf sind", sagte Rayanne.

Sie bogen um die Ecke und stießen beinahe mit Rickie zusammen. Er trug einen Hut, doch als er aufschaute sah Angela, dass auf seiner Wange ein gewaltiger blauer Fleck prangte. „Oh, nein", keuchte sie.

„Halb so schlimm, mir geht's gut", sagte Rickie. „Ich bin gerannt, um den Bus zu erwischen und auf so einer blöden vereisten Stelle ausgerutscht."

„Brr", sagte Rayanne.

„Ja. All die Leute da mussten mir aufhelfen", sagte Rickie und schüttelte den Kopf. „Totale öffentliche

Demütigung. Wie auch immer …"

„Du bist also, ehm … auf dem Gesicht gelandet?", fragte Angela.

„Ich weiß nicht. Wie sollte ich das denn wissen?", sagte Rickie irritiert. „Ich schätze schon. Hat jemand von euch ein bisschen Kleingeld? Ich muss mir vor dem Unterricht unbedingt einen Schokoriegel holen …"

„Kein Problem, ich hab 'ne Menge Kleingeld", sagte Rayanne zu ihm.

Angela beobachtete, wie fahrig Rickie von einem Bein aufs andere wechselte, während er darauf wartete, dass Rayanne das Geld aus ihrer Geldbörse fummelte. Er wirkte schrecklich nervös, als fürchtete er sich davor, über sich reden zu müssen.

„Großartig. Komm mit." Rickie ging los, den Gang hinunter und Rayanne schickte sich an ihm zu folgen.

Angela hielt sie am Ärmel ihres dicken Wintermantels fest. „Rayanne. Glaubst du, das stimmt?", flüsterte sie. „Dass er hingefallen ist?"

Rayanne nickte. „Sicher. Wahrscheinlich." Sie warf einen Blick über die Schulter um zu sehen, wo Rickie war. „Ich weiß nicht. Weißt du, Rickie hat so ein Talent dafür, immer wieder mal verprügelt zu werden. Und er hat nicht immer Lust, darüber zu reden, klar?"

Rayanne eilte Rickie in Richtung der Automaten nach und Angela begann ihr zu folgen. Sie kamen an Sharon Cherski vorbei, die Nachrichten ans Schwarze Brett heftete.

Rayanne blieb stehen um zu sehen, was Sharon da tat. „Teen-Helpline?", sagte sie verächtlich, während sie eines der Flugblätter vom Boden aufhob.

„Ja." Sharon zog eine Augenbraue hoch. „Was ist damit?"

„Nichts, nur … wenn man deprimierte Leute dazu bringt, da anzurufen und mit jemandem wie dir zu reden … kann es da nicht passieren, dass sie das in den Irrsinn treibt?", sagte Rayanne.

„In den Irrsinn?", konterte Sharon. „Du meinst wohl dorthin, wo du zu Hause bist, stimmt's?"

Rayanne lachte schallend los, warf das Flugblatt in die Luft und rannte den Gang hinunter davon.

Brian Krakow kam den Gang entlang und trat auf das Flugblatt, das Rayanne in die Luft geworfen hatte. Er bückte sich, um es aufzuheben.

„Krakow, schnapp dir ein paar davon. Es geht doch klar, oder? Dass du und ich am Heiligabend die Liberty Highschool bei der Teen-Helpline vertreten?", wollte Sharon eifrig wissen.

„Hör mal, Cherski." Brian starrte auf den Stapel Flugblätter. „Sieh mal, ich kann nicht …"

„Was? Krakow! Du hast dich eingetragen!", sagte Sharon.

„Dann trag mich bitte wieder aus", antwortete Brian kaltschnäuzig.

Am Abend dieses Tages öffnete Angela die Hintertür ihres Hauses. Sie hatte versprochen, das Haus auf Vordermann zu bringen, während ihre Eltern unterwegs waren, um Weihnachtsgeschenke zu besorgen. Dazu gehörte auch, den Müll rauszubringen.

Sie hob den Deckel der Mülltonne an. Der Schnee darauf fiel auf den Boden. Es war klirrend kalt. Als sie den Deckel zuklappte, bemerkte sie im Garten hinter dem Haus eine Gestalt, die hinter einem Baum stand. Ihr Herz begann schneller zu schlagen. „Wer – wer ist da? Wer sind Sie?“

Die Gestalt trat langsam vor. Als sie näherkam stellte Angela fest, dass es Rickie war.

„Keine Sorge, Angela“, sagte er und klang so nervös, wie sie sich fühlte. „Ich bin's nur …“

„Rickie! Was tust du denn …“

„Tut mir Leid. Tut mir echt Leid. Hab ich dir einen Schrecken eingejagt?“, fragte Rickie.

„Nein, ich habe nur … hi! Komm mit rein.“ Sie drehte sich um und ging in die Küche.

„Weißt du, ich war gerade bei Brian“, erklärte Rickie, der völlig außer Atem klang. „Ich war auf der anderen Straßenseite und da …“

„Du warst bei Brian?“, fragte Angela.

„Ja, nur so.“ Er zuckte die Achseln und sah so aus, als ob er sich unbehaglich fühlte. „Weil … ich war heute auch bei Rayanne, aber … Ambers Freund war da. Rusty. Junge, Junge, ist der Typ unfreundlich.“

Angela hatte das Gefühl, dass sich kleine Puzzlesteine zusammenfügten. Rickie zog von Haus zu Haus. Wollte er denn nicht nach Hause gehen? „Du bist also von Rayanne … zu Brian gegangen?“, fragte sie.

„Hey, mir ist etwas klar geworden.“ Rickie lachte. „Rusty und Amber? Die müssen aufeinander stehen, weil sie beide Erdtypen sind.“ Er kicherte nervös.

„Hallo? Ist es nicht ein bisschen zu spät am Abend, um einfach so vorbeizuschneien?“, fragte Danielle, Angelas kleine Schwester, die auf halbem Weg die Treppe hinauf stehenblieb.

„Danielle!“, schimpfte Angela.

„Nein, sie hat ja Recht. Ich sollte gehen“, sagte Rickie. Aber er ging nur einen Schritt in Richtung Haustür und blieb dann stehen. „Euer Haus duftet umwerfend.“

„Mein Dad gibt neuerdings Kochunterricht, deshalb hat er ein paar Rezepte ausprobiert“, erklärte ihm Angela. „Bist du … hungrig oder so?“ Ohne seine Antwort abzuwarten, ging Angela in die Küche zurück. Er folgte ihr eifrig. Sie wärmte rasch einen vom Abendessen übriggebliebenen Rest Nudeln mit Fleisch und Tomatensauce auf und legte ein paar Brötchen auf einen Teller.

„Danke. Aus irgendeinem Grund habe ich heute glatt vergessen, zu Mittag zu essen. Ich hab's einfach verschwitzt oder so“, sagte Rickie, während er sich über das Essen hermachte.

Kein Mittagessen … na gut. Aber auch kein Abendessen? Und zum Frühstück einen Schokoriegel? Aber Angela wollte sich nicht eingestehen, dass sie sich Sorgen um ihn machte. Sie machte sich keine. Nicht richtig. Aber bald würde sie es tun. „Jaja, das passiert mir auch ab und zu“, sagte sie zu ihm. „Mach dir bloß keinen Kopf deswegen.“

„Von wem stammen denn all diese matschigen Fußspuren im Flur?“, ertönte die Stimme ihrer Mutter von der Haustüre her. Sie schien sauer zu sein.

Rickie stand, die Gabel noch im Mund, auf und wirkte wie in Panik.

„Oh! Rickie ist hier“, sagte Mrs. Chase in unfreundlichem Ton, als sie in die Küche kam.

„Er war bei Brian Krakow und da …“, erklärte Angela.

„Ich schätze meine Schuhe waren nass, das tut mir Leid“, entschuldigte sich Rickie rasch. „Ich wische das auf …“

„Nein, nein, das ist doch keine große Sache“, sagte Mrs. Chase und lächelte ihn an. Aber Angela kannte dieses Lächeln – es war aufgesetzt und unecht. Sie war wegen irgendetwas aufgebracht.

„Nur … Angela, könntest du mal kurz mitkommen? Du musst etwas anprobieren“, fuhr ihre Mutter fort.

„Jetzt?“, fragte Angela. „Jetzt sofort?“

„Ja. Es geht um ein Weihnachtsgeschenk“, sagte Mrs. Chase. „Für – für Danielle.“

„Wie bitte? Seit wann habe ich dieselbe Größe …“, begann Angela zu protestieren, doch dann sah sie den Blick ihrer Mutter. Und der sagte: Komm jetzt auf der Stelle mit. Sonst … „Entschuldige mich kurz“, sagte sie zu Rickie und folgte ihren Eltern ins Wohnzimmer.

„Wieso ist Rickie hier? Und wo hat er den blauen Fleck unter seinem Auge her?“, fragte Mrs. Chase mit leiser Stimme, sobald sie alleine waren.

„Und wohin ist er so spät in der Nacht noch unterwegs?“, fragte Mr. Chase.

„Na, hört mal, das ist doch keine große Sache, oder?“, sagte Angela.

„Erzähl uns einfach nur was los ist. Dann entscheiden

wir, ob es eine große Sache ist“, sagte Mrs. Chase.

„Was ist passiert? Ist er in eine Schlägerei geraten?“, fragte Mr. Chase.

„Er sagt, er sei hingefallen. Auf dem Eis ausgerutscht“, erklärte Angela.

„Auf jeden Fall ist es schrecklich spät dafür, Freunde zu Besuch zu haben“, fügte ihre Mutter hinzu.

„Ich weiß. Aber ich glaube er weiß nicht, wo er sonst hingehen soll“, sagte Angela leise.

Ihr Vater schaute sie verblüfft an. „Hat er das gesagt?“

„Nein. Es ist nur so ein Gefühl von mir“, gab Angela zu.

„Sieh mal, mein Schatz. Falls Rickie in irgendwelchen Schwierigkeiten steckt weiß ich nicht, ob wir uns einmischen sollten“, sagte Mrs. Chase.

„Kann er denn nicht einfach hierbleiben? Für ein paar Tage?“, fragte Angela.

„So einfach ist das nicht“, sagte Mrs. Chase.

„Wenn er von zu Hause weggelaufen ist oder wenn sonst irgendetwas Ernsthaftes anliegt …“, sagte Angelas Vater.

„Vielleicht sollten dein Vater und ich mit ihm reden“, sagte Mrs. Chase.

„Nein, tut das nicht. Ihr macht ihm doch nur noch mehr Angst“, meinte Angela. „Kann er nicht wenigstens für diese eine Nacht hierbleiben?“

„Das können wir nicht machen. Was ist, wenn seine Eltern auf ihn warten? Was ist, wenn … Schatz, ihn für eine Nacht hierzubehalten ist keine Lösung“, sagte ihre Mutter.

„Was … ist denn die Lösung?“, fragte Angela.

In diesem Moment hörte sie die Hintertür ins Schloss fallen.

„Oh, nein … Rickie?“, rief sie und lief ihm nach. Sie zog die Jalousie hoch und spähte in die kalte Schneenacht hinaus. Sie konnte Rickie nirgends sehen.

„Er ist gegangen“, sagte sie zu ihren Eltern. Und es ist ganz allein meine Schuld.

Rickie stand zitternd draußen vor einem großen Supermarkt. Er hatte das Gefühl, als ob sich seine Füße in Eisblöcke verwandelten. Er stand in der Nähe der Ein- und Ausgänge. Irgendwie verbringe ich da mein ganzes Leben, dachte er. Auf dem Weg rein, auf dem Weg hinaus.

Die kalte Nacht sickerte durch seinen Wintermantel, als wäre der nur ein T-Shirt. Über ihm tönten Weihnachtslieder aus einem blechernen Lautsprecher, während Pärchen über den Parkplatz schlenderten, um auf die letzte Minute einen Christbaum zu ergattern.

Rickie hörte, wie jemand eine Zigarettenpackung aufriss, drehte sich um und sah Jordan Catalano, der gerade aus dem Supermarkt herauskam. „Hey“, sagte der und nickte, als er auf dem Weg zu seinem Wagen, der am Straßenrand parkte, an Rickie vorbeikam.

„Hey“, antwortete Rickie. Es war ihm schrecklich peinlich, da so am Randstein zu stehen. Als würde er auf einen Bus warten. Dabei hätte er nicht einmal das nötige Geld gehabt, wenn wirklich ein Bus gekommen wäre.

Auf halbem Weg zu seinem Wagen blieb Jordan, ein Stück weit auf seinen Absätzen rutschend, stehen. „Ehm

… kann ich dich irgendwohin mitnehmen?“, erbot er sich.

„Sicher“, sagte Rickie. Mit bedächtigen Schritten folgte er Jordan zu dessen Wagen und stieg ein.

„Also, wo soll's hingehen?“, fragte Jordan, während er die Tür hinter Rickie schloss.

„Lass mich nachdenken.“ Rickie grübelte. Doch egal, wie lange er auch darüber nachdachte – es gab nichts, wohin er hätte gehen können.

„Hör mal, wenn du einen Platz zum Pennen brauchst“, begann Jordan.

Rickie unterbrach ihn nicht.

„Dann weiß ich da was“, beendete Jordan seinen Satz.

Rickie lächelte dankbar. „Danke.“

„Mein alter Herr hat mich auch immer verdroschen“, sagte Jordan.

„Das hat er?“, fragte Rickie. Es war schwer zu glauben, dass irgendjemand Jordan Catalano verprügelte.

„Ja. Aber seit ein paar Jahren tut er's nicht mehr. Er hat zu viel Schiss. Als er mich das letzte Mal vermöbeln wollte, habe ich ihm einen Stuhl nachgeschmissen“, sagte Jordan.

„Weißt du was? Ich werde eine Kerze für dich anzünden“, sagte Rickie. „An Heiligabend.“

„Oh, ja?“, sagte Jordan mit einem sarkastischen Lachen. Er schob den Schlüssel ins Zündschloss und ließ den Motor an. „Denkst du etwa, eine Kerze anzuzünden ändert irgendetwas?“

„Ja. Das denke ich“, erklärte ihm Rickie.

Jordan steuerte den Wagen vom Randstein weg und

als sie die Straße hinunterfuhren, rutschten die abgefahrenen Reifen im Schnee.

Ich hätte nie gedacht, dass ich eines Tages so froh darüber sein würde, es warm zu haben und in einem Auto zu sitzen. Noch dazu in Jordan Catalanos Auto. Vielleicht ist er ja gar nicht so ein Riesenidiot, wie ich immer dachte.

„Angelica! Beruhige dich.“ Rayanne berührte Angelas Wange, bevor sie ihr Schrankfach öffnete.

Angela lehnte an der Betonwand, ihr Magen fühlte sich wie verknotet an. Niemand hatte Rickie gesehen. Niemand hatte etwas von ihm gehört. Und sie war diejenige, die ihn in die Nacht hinausgejagt hatte – oder zumindest hatten ihre Eltern das getan, was sie als Mittäterin bei einer Herzlosigkeit mitschuldig machte.

„Aber wo steckt er? Wieso ist er nicht in die Schule gekommen?“, fragte Angela.

Rayanne zuckte die Achseln. „Vielleicht kommt er später. Vielleicht ist er auch zum Sal-Mineo-Filmfestival gegangen.“ Seit sie vor ein paar Wochen „Dann sie wissen nicht, was sie tun“ gesehen hatten, konnte Rickie von nichts anderem mehr reden, als von Sal Mineo.

„Ich hätte ihn in meinem Zimmer verstecken sollen“, sagte Angela.

„Hör auf, dich so schuldig zu fühlen! Wahrscheinlich ist er zu seinem Cousin gegangen. Bei dem übernachtet er manchmal.“ Rayanne massierte Angela die Schulter. „Angela! Du kannst nicht für die ganze Welt verantwortlich sein.“ Rayanne versuchte, sie zu trösten.

Nein. Aber ich bin für meine Freunde verantwortlich … oder nicht? Und gestern Nacht bin ich meiner Verantwortung nicht nachgekommen, als ich Rickie gehen ließ.

„Also, es ist ja nicht so, dass ich nicht helfen wollen würde. Aber bei uns ist an dem Abend dieses Treffen der ganzen Familie", erklärte Brian. Ja, schon gut, ich bin über die Feiertage alleine zu Hause. Aber das muss ich ihr doch schließlich nicht auf die Nase binden. „So eine das-Haus-steht-für-die-ganze-Familie-offen-Kiste. Bei mir zu Hause. Deshalb …"

„Brian, du bist doch Jude. Also wieso solltet ihr am Weihnachtsabend ein großes Familientreffen haben?", seufzte Sharon. „Könntest du bei deiner Ausrede wenigstens nicht ein bisschen Hirn zeigen?"

„Hör mal, Cherski, ich hab's dir doch erklärt. Ich kann bei der Helpline nicht mitmachen", sagte Brian. „Darüber brauchen wir nicht … zu diskutieren. Das ist eine Tatsache."

„Hast du denn bei unserem Training nicht zugehört? Du hast dich der Helpline gegenüber verpflichtet", wies Sharon ihn zurecht. „Das ist eine ernste Sache, Brian – vor allem an Weihnachten!"

„Wieso?", fragte Brian. „Was ist denn an Weihnachten schon so Großartiges dran? Alle reden darüber als ob … als ob Jesus zum zweiten Mal geboren werden würde."

„Krakow. Das ist genau die Zeit, in der die Leute die Helpline brauchen, klar?", sagte Sharon. „Die Leute sind von all diesem Feiertagskram so gestresst, dass sie sogar

Depressionen bekommen. Zum Beispiel ... sie erleben Hoffnungslosigkeit und totale Verzweiflung."

„Ach, ja?" Brian seufzte. „Und wenn schon. Was geht mich das an?"

„Brian, es ist ein Problem. Sie leiden sogar unter Appetitlosigkeit." Sharon streckte Brian eine Plastiktüte entgegen. „Möchtest du einen Minilebkuchen, Mann?"

„Ich bin nicht hungrig", murmelte Brian.

„Wenn du es nicht tun kannst ... ich hab's dem Betreuer versprochen. Brian, es gibt niemanden, den ich jetzt noch fragen kann. Es geht um den Weihnachtsabend! Da haben die Leute was vor!", sagte Sharon.

Brian sah sie verdattert an. „Oh, ja? Alle außer mir haben schon was vor, richtig? Ich weiß! Lasst uns Brian Krakow fragen, der hat nie etwas vor." Er stapfte davon.

„Blöder Santa Claus-Anstecker. Die Nase ist abgebrochen", beklagte sich Sharon, während sie zwischen zwei Stunden im Waschraum versuchte, den Anstecker zu reparieren.

„Die lasse ich durchgehen. Zu leicht." Rayanne blies eine Seifenblase. Dann tauchte sie den Blasenring ins Seifenwasser und blies noch eine, Sharon genau ins Gesicht.

„So. Brian Krakow hat mir gerade mein Leben völlig ruiniert", sagte Sharon.

„Echt?" Rayenne blies noch eine Blase, dann schwenkte sie den Ring am Stiel durch die Luft, sodass kleine Blasen entstanden, die Sharon auf den Kopf schwebten. „Das ist für ihn doch nichts Ungewöhnliches."

„Warte mal. Du kennst ihn?", fragte Sharon.

„Nicht besonders gut. Wie haben mal miteinander geschlafen."

Der Anstecker fiel Sharon aus der Hand und landete auf dem Boden. „Du und ...?"

„Das war nur ein Witz, Cherski. Krieg dich wieder ein. Also, was hat er angestellt?", fragte Rayanne.

„Ich habe der Teen-Helpline für den Weihnachtsabend zwei Freiwillige von der Liberty Highschool versprochen. Wie gerate ich bloß immer wieder in solche Situationen?", jammerte Sharon.

„Darf ich raten? Blödheit, vielleicht?", sagte Rayanne.

„Weißt du was? Du hast Recht. Denn es passiert mir immer und immer wieder! Ich bin so schrecklich übersozial. Da ist die Helpline und dann dieser Geschenkkorb, den ich für ein Obdachlosenheim zugesagt habe." Sie unterbrach sich für eine Sekunde und schaute Rayanne an, die ihr gespannt zuhörte. „Ich muss schon sagen, du bist eine ziemlich gute Zuhörerin."

„Das sollte ich wohl", sagte Rayanne. „Ich verbringe mein ganzes Leben damit meiner Mom zuzuhören, wenn sie über ihre Probleme jammert. Von denen sie, sagen wir mal ... 'ne ganze Menge hat. Und jetzt, als Krönung des Ganzen? Da wohnt ihr nichtsnutziger Liebhaber bei uns. In unserer Wohnung. Ich meine, langsam ist der Punkt erreicht, wo ich es echt nicht mehr aushalte. Ich könnte Weihnachten genauso gut sonstwo verbringen. Das würden die beiden noch nicht mal merken."

Sharon überlegte. Eine großartige Zuhörerin, die einigermaßen gewitzt ist und Weihnachten nicht zu Hause verbringen will? Tschüss, Krakow. „Ich weiß, wo du den Heiligabend verbringen könntest.“

Angela schob eine Nachricht in Rickies Schließfach, mit der sie ihn einlud, bei ihr zu wohnen. RUF MICH AN!, hatte sie geschrieben. Als sie den Zettel unter der Schranktür hindurchschob, hörte sie jemanden Gitarre spielen. Dem Gesang einer Mädchenstimme folgend ging sie den Gang entlang bis zum Musiksaal. In der Tür blieb sie stehen und betrachtete das Mädchen. Sie saß in der zweiten Reihe. Sie hatte mehrere Schichten Klamotten übereinander an, dazu ein Paar Handschuhe, deren Finger an den Spitzen abgeschnitten waren und abgetragene Stiefel, an denen die Schnürsenkel fehlten und mit Löchern in den Sohlen.

Und sie hatte die wundervollste Stimme, die Angela jemals gehört hatte.

Sie sah auf und bemerkte Angela. „Oh! Verzeihung …“

„Nein, spiel weiter“, drängte Angela sie.

„Ich wollte sowieso gerade gehen, also …“ Das Mädchen machte sich daran, ihre Gitarre im Koffer zu verstauen.

„Wegen mir? Das brauchst du nicht. Ich dürfte eigentlich gar nicht hier drinnen sein“, erklärte ihr Angela.

„Ich auch nicht. Aber ich hänge hier manchmal rum.“ Sie klappte den Gitarrenkoffer zu. „Ist das nicht komisch? Früher? Da bin ich nie in die Schule gekommen. Aber jetzt, wo ich nicht mehr zur Schule gehe … da bin ich ständig hier.“ Sie sah Angela an und lächelte scheu.

„Was war das für ein Lied? Es war wunderschön", sagte Angela zu ihr.

„Das ist nur so ein Lied, mit dem ich herumspiele. Wahrscheinlich werde ich für immer und ewig daran feilen." Sie hüpfte von ihrem Stuhl hinunter und schaute zum Fenster hinaus. „Ich hasse es, da wieder hinauszugehen. Mir wird nie richtig warm. Das liegt an meinen Schuhen. Siehst du?" Sie hob einen Fuß hoch und zeigte Angela die durchgelaufene Sohle. „Völlig hinüber. Ich hatte ein anständiges Paar, aber jemand hat sie mir direkt von den Füßen weg geklaut."

„Im Ernst?", fragte Angela. Also ist sie obdachlos.

Das Mädchen nickte. „Während ich schlief." Sie ging ein paar Schritte in Richtung Tür. „Du bist Angela, stimmt's? Du bist eine Freundin von Rickie?"

„Du – du kennst Rickie?", fragte Angela.

„Mh-hmm."

„Wo steckt er? Ich habe mir wirklich …"

„Ich weiß. Aber du brauchst dir um ihn keine Sorgen zu machen. Ich passe auf ihn auf", sagte sie.

„Oh. Das ist gut. Danke", sagte Angela.

Die Glocke ertönte und das Mädchen trat hinaus auf den überfüllten Korridor. Ich hab sie gar nicht nach ihrem Namen gefragt, fiel Angela ein. Wer ist sie?

Sie eilte ihr nach. „Warte! Wo bist du? Bitte sag mir, wo Rickie ist!"

Doch als sie aus dem Musiksaal hinaustrat, wimmelte es auf dem Korridor nur so von Schülern. Sie konnte das Mädchen nirgends entdecken. Sie drehte sich um und da stieß sie mit jemandem zusammen.

„Hey!“, sagte eine ihr wohl bekannte Stimme.

„Oh – tut mir leid.“ Als Angela aufblickte, stand sie Jordan gegenüber. „Hast du gerade … dieses Mädchen gesehen?“

„Was für ein Mädchen?“

„Mit einer Gitarre.“ Angela stellte sich auf Zehenspitzen und drehte sich nach allen Seiten, während sie mit den Augen den Korridor absuchte, auf dem reger Betrieb herrschte. Wie war es möglich, dass sie die Gitarre nicht entdecken konnte?

„Wie heißt sie denn?“, fragte Jordan.

„Ich weiß nicht. Aber sie kennt Rickie“, erklärte Angela.

„Oh. Ist der denn noch in diesem Loch?“, fragte Jordan.

Angela starrte ihn an. „In welchem Loch?“

„In diesem alten Lagerhaus. An der Tennessee Avenue“, sagte Jordan. „Da habe ich ihn gestern hingebracht.“

„Du hast ihn da hingebracht?“ Angela war sprachlos.

Er sah sich auf dem Korridor um. „Komm mit. Ich bring dich hin.“

5

Jordan kroch durch eine kleine Öffnung in das Lagerhaus. Angela folgte ihm mit eingezogenem Kopf. Als sie sich aufrichtete, fand sie sich in einer riesigen, grauen, kalten Halle wieder. Sie konnte nicht fassen, dass hier tatsächlich Menschen hausten. Menschen wie Rickie.

„Haste mal 'ne Kippe?", fragte ein Junge in einer abgerissenen Jeans und einem dicken Sweatshirt.

„Klar, hier." Jordan reichte ihm eine Zigarette und der Junge beugte sich über eine Tonne, in der ein Feuer brannte, um sie anzuzünden.

Angela wanderte durch das Erdgeschoss, wo sich kleine Gruppen Jugendlicher um mehrere Feuer drängten. Sie kam an Leuten vorbei, die, brennende Kerzen neben sich, auf dem Boden schliefen. Keiner davon sah wie Rickie aus, aber es war schwer etwas zu erkennen, weil der Ort so dunkel und verlassen war.

Da hörte sie im oberen Stockwerk das Mädchen aus der Schule singen. Ihre Stimme wehte die Treppe herab, als würde sie rufen, damit Angela sie wiederfand. Sie weiß sicher, wo Rickie steckt, dachte Angela, und stieg entschlossen die Treppe in den ersten Stock hinauf.

Oben angekommen spähte sie um eine Ecke in den Raum, aus dem die Stimme am lautesten zu hören war.

Das Mädchen saß auf einer Decke auf dem Boden und spielte, einen wollenen Poncho über den Schultern, auf ihrer Gitarre.

„Ehm ... hi. Mal wieder." Angela lächelte nervös, als das Mädchen zu singen aufhörte und zu ihr aufschaute.

Ohne ein Wort zu sprechen stand das Mädchen auf. Ihre Gitarre ließ sie auf dem Boden liegen.

Angela folgte ihr den feuchten, düsteren Gang entlang zu einem anderen Raum. Da lag Rickie, warm in seinen Mantel eingewickelt, auf dem Betonboden und schlief. Angela fühlte sich schrecklich, sie brachte es kaum fertig, ihn anzusehen. Hierher war Rickie also gegangen, nachdem er bei ihr zu Hause verschwunden war. Sie hockte sich neben ihn.

Rickie setzte sich fast im selben Moment auf, ganz so, als wäre er es gewöhnt auch im Schlaf immer auf der Hut zu sein. „Was tust du denn hier?", wollte er wissen. Er klang aufgebracht.

„Jordan hat mich hergebracht", erklärte ihm Angela. „Rickie? Ist alles in Ordnung mit dir? Was ist passiert?"

„Nichts", sagte Rickie.

„Warum kannst du dann nicht nach Hause gehen?", fragte Angela. Sie entschloss sich, nicht auf eine Antwort zu warten. Wenn Rickie nicht darüber reden wollte, dann war das seine Sache. „Okay. Steh jetzt auf."

„Warum?", sagte Rickie mit einem Gesichtsausdruck, als ob er ihr ganz und gar nicht traute.

„Komm mit. Du wohnst erst mal bei mir", sagte Angela.

„Kommt nicht in Frage." Rickie schüttelte den Kopf.

„Ich werde deiner Familie nicht auf der Tasche liegen", sagte er und sein Kinn bebte, als stünde er kurz davor zu weinen.

„Hör auf, so wäre das doch gar nicht!", schrie Angela.

„Doch, genauso wär's!", setzte Brian dagegen. „Außerdem wollen mich deine Eltern nicht dahaben."

„Das ist nicht wahr!" Okay, vielleicht stimmte es ja – aber nicht aus den Gründen, die er dachte. Sie wollten ihm doch nur helfen. „Rickie, bitte. Du kannst nicht hierbleiben! Morgen ist schon Heiligabend und …"

„Angela, glaubst du etwa, ich würde Weihnachten hier verbringen?", unterbrach Rickie sie. Er klang beleidigt. „Ich werde morgen zu meinem Cousin gehen. Hör mal. Du gehst jetzt besser nach Hause. Deine Leute werden sich schon fragen, wo du bleibst. Ich meine, sieh's ein: du gehörst nicht hierher."

„Rickie!", sagte Angela. „Du gehörst auch nicht hierher!"

„Nein, du hast doch keine Ahnung – sieh mal, ich kann nicht darüber reden, nicht mit dir." Er wandte sich ab und starrte auf den Boden. „Wenn du mir helfen willst, bitte. Lass mich alleine."

Angela fühlte sich, als hätte ihr jemand eine schallende Ohrfeige verpasst. Rickie wollte ihre Hilfe nicht. Es gab nichts, was sie tun konnte. Sie entfernte sich langsam und steuerte auf die Treppe ins Erdgeschoss zu, um das Gebäude zu verlassen. Doch auf dem Weg beschloss sie, noch einmal nach dem Mädchen mit der Gitarre zu sehen um festzustellen, wie es ihr ging.

Sie fand das Mädchen schlafend, inmitten ihrer Klamotten und ihren Poncho wie eine Decke über sich gezogen. Angela kauerte sich daneben und betrachtete das schlafende Mädchen. Wie konnte sie bloß so friedlich aussehen, obwohl sie auf dem Boden eines Lagerhauses lag. Aber das tat sie.

Angela nahm einen der Stiefel des Mädchens auf und dabei fiel ihr wieder ein, wie das Mädchen gesagt hatte, ihr würde niemals richtig warm werden, weil ihre Schuhe so abgetragen waren. Da band sie ihre neuen Stiefel auf und stellte sie neben das Mädchen. Ich brauche sie nicht unbedingt. Das Mädchen schon.

Sie nahm die alten, leichten Stiefel und schlich davon.

„Gibt es sonst noch etwas, wofür Sie Hilfe brauchen?", fragte Brian Mr. Chase. Er hatte bereits dabei geholfen den Weihnachtsbaum aufzustellen, die Nadeln, die auf den Boden gefallen waren, aufzufegen, und die Lichterketten auf fehlende oder durchgebrannte Birnchen zu überprüfen …

„Ich glaube nicht. Danke", meinte Angelas Vater. „Aber falls mir noch etwas einfallen sollte …"

Vielleicht fällt Ihnen auch noch etwas ein, das ich nächste Woche tun könnte, solange meine Eltern fort sind? Ich könnte Ihre Garage aufräumen, Ihren Wagen waschen, mit Ihrer Tochter ausgehen … Unglücklicherweise war Angela nicht zu Hause. Er hatte sie nicht mehr gesehen, seit die Schule am frühen Nachmittag aus gewesen war.

„Kam da gerade jemand durch die Hintertür herein? Angela, bist du das?", rief Mrs. Chase in die Küche.

„Ja! Tut mir Leid, dass ich zu spät komme." Angela kam

ins Wohnzimmer. „Wow, der Baum sieht … echt toll aus.“

„Hi“, sagte Brian verlegen.

Angela starrte ihn an und fragte sich ganz offensichtlich, was er hier machte. „Hi“, sagte sie und klang entgeistert.

„Wir haben dir den Engel aufgehoben!“, erzählte ihr Danielle.

„Danke.“

„Könntest du das nächste Mal anrufen, wenn es später wird? Bitte?“, bat Angelas Mutter.

„Ich weiß. Ich hätte anrufen sollen. Entschuldige“, sagte Angela. Eine Weile betrachtete sie den Weihnachtsbaum. „Übrigens – Rickie geht es gut.“

„Oh. Das ist schön. Ich mache jetzt das Abendessen“, sagte ihre Mutter.

„Ich helfe dir dabei“, verkündete ihr Vater und die beiden gingen zusammen in die Küche.

Brian trat auf Angela zu. „Also, was war denn los? Mit Rickie?“, fragte er.

„Entschuldige mal, aber wieso bist du hier?“, entgegnete ihm Angela.

„Entschuldige mal, aber dein Dad hat mich herüber gebeten, um ihm zu helfen. Mit dem Baum.“ Naja, vielleicht ist es auch nicht exakt so gewesen. Ich bin herübergekommen und habe gefragt, ob ich was helfen könne. Aber jedenfalls habe ich dabei geholfen, den Baum herzurichten. „Also im Ernst. Ist mit Rickie alles in Ordnung?“

„Hör mal. Wenn ich es dir sage, versprichst du mir

dann, es nicht überall in der Schule herumzuposaunen?", fragte Angela.

„Klar!", rief Brian beleidigt.

„Also, er hat es zwar nie … so direkt gesagt. Aber ich schätze, er wird von seinem Onkel verprügelt...oder so. Und er kann nicht nach Hause gehen."

„Oh, mein Gott …"

„Und du würdest es nicht glauben, wo er schläft. Weißt du, es gibt da so ein Gebäude … ein riesiges, leerstehendes Lagerhaus", sagte Angela. „Brian, das ist richtig schaurig. Und total seltsam. All diese Jugendlichen, ich meine … die leben da."

„Was denn für Jugendliche?", fragte Brian.

„Jugendliche, eben!", schrie Angela. „Es gibt Jugendliche, die nirgends hingehören. Hast du das nicht gewusst?"

„Was denn? Nur weil du in einem verlassenen Lagerhaus warst, um nach Rickie zu sehen, bist du gleich eine Expertin für Obdachlose?", meinte Brian verächtlich.

„Halt die Klappe", sagte Angela. „Es ist nur – sie sehen so normal aus. Genauso wie wir! Ich habe ein Mädchen kennen gelernt, das dort lebt … und wenn du mit ihr sprichst, vergisst du völlig, dass es … einen Unterschied zwischen euch gibt."

„Ist das dieses Haus in der Roscostraße?", fragte Brian. „Neben der Bowlingbahn?"

„Nein, es ist in der Tennessee Avenue." Angela streckte sich und setzte den Engel oben auf den Baum. „Sag mal, gehst du eigentlich irgendwann mal … oder so?"

„Bald, wahrscheinlich", sagte Brian. Ich schätze, dass ich hier übernachte, kommt wohl...nicht in Frage.

„Mom, du darfst noch nicht gucken. Ich bin noch nicht fertig." Angela deckte den Tisch für das Weihnachtsfamilienessen. Normalerweise hasste sie Arbeiten wie diese, aber heute war es etwas Besonderes. Sie wollte, dass das Zimmer so schön wie nur möglich aussah.

„Mein Schatz, das ist wunderschön." Mrs. Chase stand in der Tür und bewunderte den festlich gedeckten Tisch. „Nur eine Sache. Ich dachte, ich hätte es dir schon gesagt. Oma und Opa sind über Weihnachten in die Berge gefahren."

„Ich weiß", sagte Angela und verteilte Kaffeelöffel auf dem Tisch.

„Nun, ich meine … warum hast du dann für sechs gedeckt?", fragte ihre Mutter.

„Mom, es gibt etwas, was mir wirklich sehr am Herzen liegt", erklärte ihr Angela. „Bitte sag ja dazu."

„Wozu soll ich ja sagen?"

„Ich möchte Rickie und dieses Mädchen einladen. Zu unserem Weihnachtsessen heute Abend. Damit sie nicht … Alleine sein müssen." Angela lächelte.

„Dieses … Mädchen?", fragte ihre Mutter.

„Oh, stimmt. Ich hab dir ja noch gar nicht von ihr erzählt! Mom, dieses Mädchen hat die wunderbarste Singstimme, im Ernst, wart nur ab, bis du sie hörst. Vielleicht könnte sie ja ihre Gitarre zum Essen mitbringen und dann …"

Während Angela noch sprach, schüttelte Mrs. Chase

den Kopf. „Angela, hör mal. Du kannst nicht noch einmal in dieses Lagerhaus gehen."

Eine ganze Zeitlang herrschte Schweigen.

„Woher weißt du von diesem Lagerhaus?", fragte Angela schließlich. „Und warum klingt es aus deinem Mund so, als wäre es … ein anderer Planet oder so was?"

„Sieh mal, mein Schatz. Reg dich nicht so auf …"

„Mom, hör auf damit!", sagte Angela wütend. „Sag mir nur einfach, was hier läuft."

Ihre Mutter wirkte verlegen. „Wir mussten etwas unternehmen, Angela …"

„Das glaub ich einfach nicht! Was willst du damit sagen? Was habt ihr getan?", wollte Angela wissen.

„Dein Vater und ich haben gehört, was du Brian gestern Abend erzählt hast. Über Rickie und seinen Onkel. Wir waren sehr beunruhigt deswegen. Und wir fanden, jemand müsste darüber Bescheid wissen …"

„Oh, mein Gott! Ihr seid doch nicht … ihr seid doch nicht etwa zur Polizei gegangen?", schrie Angela.

„Angela … wir mussten doch …"

„Mom, kapierst du's nicht? Wir müssen etwas tun. Wir müssen sie warnen!"

„Nein, Angela. Jetzt hör mir mal zu. Du gehst nicht noch einmal zu diesem Lagerhaus. Unter gar keinen Umständen. Das ist eine ziemlich ernste Angelegenheit …"

„Das ist mir klar!", sagte Angela. „Schließlich bin ich diejenige, die dort gewesen ist, Mom. Mir ist klar, dass die Sache ernst ist. Warum redest du mit mir immer, als wäre ich noch ein kleines Kind?"

„Dieses Mädchen, das du da kennengelernt hast, wer auch immer sie ist … sie könnte in Schwierigkeiten stecken …“

„Mom, du hast doch noch nicht einmal mit ihr gesprochen. Ich habe mit ihr geredet“, sagte Angela mit Nachdruck. „Sie ist einfach ein Mädchen … sie könnte genauso gut ich sein!“

„Sag so was nicht! Sie könnte nicht du sein“, widersprach ihre Mutter ihr. „Wie kannst du so etwas sagen?“

„Weil es wahr ist.“

Aber ihre Mutter war nicht bereit nachzugeben. Das war Angela klar. Sie konnte manchmal schrecklich engstirnig sein! „Gut“, sagte Angela pampig. „Ich stelle die zusätzlichen Teller zurück.“

Doch damit war die Diskussion noch nicht zu Ende – zumindest für Angela nicht. Sie würde Rickie am Weihnachtsabend nicht alleine in dieser Lagerhalle lassen.

Angela duckte sich durch die kleine Öffnung in die Lagerhalle. Ganz geheuer war es ihr nicht, dort alleine, ohne Jordan, aufzukreuzen. Aber alles was sie zu tun hatte, war Rickie zu finden. Sobald sie ihn gefunden hatte, würde sie nicht mehr alleine sein … und er ebenfalls nicht.

Sie richtete sich auf und sah sich im muffigen Erdgeschoss um. Es wirkte noch verlassener als zuvor. Außer ihr war niemand hier. Es brannten keine Feuer.

„Rickie?“, rief sie. „Rickie!“

Da leuchtete ihr der Strahl einer Taschenlampe ins Gesicht. „Rühr dich nicht von der Stelle.“

6

„Sie verstehen mich nicht ganz. Ich habe hier nie gewohnt", versuchte Angela einem freiwilligen Helfer einer kirchlichen Einrichtung klar zu machen, der sie aus der Lagerhalle führte. „Ich wohne in einem ganz normalen Haus."

„Oh?" Der Freiwillige zog seine Augenbrauen hoch. „So, dann ist ein Einbruch für dich also nur so 'ne Art Hobby, wie?"

„Ich wohne zu Hause!", beharrte Angela. „Und wenn Sie's genau wissen wollen, dann erwarten mich meine Eltern genau jetzt daheim zum Weihnachtsessen."

„Großartig! Ich freue mich das zu hören, falls es wahr ist. Wenn du gerne einen Anruf machen willst, bekommst du dazu Gelegenheit …"

„Bringen Sie mich in ein Gefängnis oder so etwas?", fragte Angela.

„Ich hab's dir doch schon mal gesagt. Ich bin kein Bulle. Ich arbeite in der Mission. Du bekommst von uns eine warme Mahlzeit und ein Bett …"

„Sie kapieren nicht. Ich habe ein Bett!", schrie Angela.

„Aber sicher doch. Jetzt komm mit." Er packte Angela am Arm und führte sie die Treppe zu einer Kirche hinauf, die sie noch nie zuvor gesehen hatte.

Brian stand auf der Veranda vor dem Haus von Familie Chase und nahm seinen ganzen Mut zusammen, um zu klopfen. Wieso hatten sie ihn nicht zum Abendessen eingeladen? Sie wussten doch, dass er alleine war.

Da wurde die Tür ganz plötzlich aufgerissen. Angelas Mutter rannte ihn fast über den Haufen.

„Ah, hi!“, sagte Brian. „Ich wollte nur … wissen Sie, ich habe für heute Abend nichts vor. Und da … Und da …“

„Und da was?“, brüllte Mrs. Chase ihn ungehalten an.

„Tut mir leid. Ich … Angela ist verschwunden. Also eigentlich nicht richtig verschwunden – ich schätze ich weiß, wo sie steckt. Jedenfalls hoffe ich das“, sagte Mrs. Chase leise.

„Ist schon in Ordnung. Fahr du ruhig“, sagte Mr. Chase. „Für den Fall, dass sie anruft, sind wir ja hier.“ Er wandte sich an Brian. „Nimm's ihr nicht krumm. Sie ist nur … sie ist schrecklich in Eile, das ist alles.“

„Frag nicht mich, ich wohne hier nur“, sagte Danielle. Sie lief die Treppe hinauf in ihr Zimmer, während Mr. Chase in die Küche ging, um zu kochen.

Brian setzte sich neben dem Christbaum auf die Couch. Die elektrischen Kerzen blinkten ein und aus. Der Radio war auf den Weihnachtslieder-Marathon-Sender eingestellt. Brian warf einen Blick auf den Geschenkeberg unter dem Baum.

Er wusste, dass dies eigentlich ein froher Festtag sein sollte. Aber er hatte sich in seinem ganzen Leben noch nie so einsam gefühlt.

Er griff in seine Tasche und zog ein orangefarbenes Blatt Papier heraus, das er während der letzten Tage mit sich herumgeschleppt hatte. Anfangs hatte er sich darüber lustig gemacht. Jetzt … wählte er die Telefonnummer darauf.

„Hallo, Helpline!“, sagte Rayanne fröhlich und schnalzte mit ihrem Kaugummi.

„Hi“, sagte eine nervöse, leise Stimme am anderen Ende der Leitung. „Mein Name ist … Steve.“

„Hi, Steve“, sagte Rayanne. Wieso klang diese Stimme so vertraut?, fragte sie sich. Sie klang irgendwie nasal, irgendwie tief, irgendwie … nach Nachbarschaft. Nein. Das ist nicht … das ist einfach nicht möglich!

Rayanne bedeckte die Sprechmuschel mit der Hand und flüsterte: „Das ist Brian Krakow!“

„Das gibt's doch gar nicht!“, quiekte Sharon.

War das der Grund, dass er nicht für die Helpline arbeiten wollte – um sie selbst anrufen zu können?, überlegte Rayanne. Sie stellte fest, dass ihr der Junge beinahe Leid tat. Hätte er sie nicht seit dem Tag, an dem sie sich das erste Mal begegnet waren, so grob behandelt, hätte sie ihn wahrscheinlich wirklich bedauert.

„Also, Steve“, sagte sie. „Was gibt's?“

„Nun, weißt du, es ist nicht so, dass ich Spaß daran habe, ständig mit meinen Eltern herumzuhängen. Und als sie mir zu ersten Mal erzählten, dass sie über die Feiertage verreisen würden und mich fragten, ob ich mitkommen wollte? Da hab ich nein gesagt. Ich dachte, das wäre toll – zu Hause wäre es ruhig und ich könnte unbehelligt lernen.“ Bei dem Ausdruck „zu Hause“ versagte Brian ein bisschen die Stimme.

„Es ist nur … ich hätte nicht gedacht, dass ich mich

so … einsam wäre wohl der richtige Ausdruck – fühlen würde. Und selbst jetzt, obwohl ich bei einem Nachbarn bin? Fühle ich mich echt …“

„Oh, nein. Er … er weint“, sagte Rayanne zu Sharon, während sie die Sprechmuschel zuhielt. „Das ist jetzt aber nicht mehr komisch. Es ist Weihnachten, er ist schrecklich einsam – wir müssen dem Jungen helfen.“

„Möchtest du, dass ich einen der Betreuer rufe?“, bot Sharon ihr an.

„Nein, das ist schon okay. Ich kann damit umgehen.“ Sie nahm die Hand von der Sprechmuschel. „Nun, Steve. Du hast mich ja gar nicht nach meinem Namen gefragt“, sagte sie mit koketter Stimme.

„Oh. Also … wie heißt du denn?“

„Jade“, sagte Rayanne.

„Jade? Gehst du auf die Liberty Highschool?“, fragte Brian.

„Nein.“ Zumindest Jade geht da nicht hin. Weil sie ja erfunden ist.

„Gut“, seufzte Brian.

„Also, Steve.“ Rayanne überlegte, wie sie sich am besten verhalten sollte. Wodurch ließ sie selbst sich ablenken, wenn sie Probleme hatte? Aha! Durch Sex. „Darf ich dich mal etwas fragen, Steve?“

„Sicher. Frag ruhig“, antwortete er.

„Was hast du an?“

„Wie?“ Brian klang schockiert. „Was hat das mit …“

„Nur so, tu mir den Gefallen, Steve“, sagte Rayanne.

„Na, gut. Also, ehm … ich habe ein rotes Flanellhemd an … und eine braune Cordhose.“ Er hielt inne. „Wieso?“

Das passt zu ihm, dachte Rayanne. „Und, würdest du gerne wissen, was ich anhabe?"

„Ehm … klar", sagte Brian.

„Ein Trägerhemd. Es ist ziemlich tief ausgeschnitten. Und dazu echt kurze Hot Pants. Obwohl wir Winter haben, ist mir total heiß. Vielleicht sollte ich die Sachen auch noch ausziehen", sagte Rayanne.

Brian räusperte sich. „Bist du sicher, dass dies die Helpline ist?"

„Das ist die Helpline, aber sicher. Wow. Hier drin ist es aber wirklich warm. Ich ziehe wohl am besten …"

„Hör mal, ich hänge jetzt lieber ein. Ich meine, ich bin bei meinen Nachbarn und so, deshalb … ist das hier wahrscheinlich keine gute Idee, ich meine, ich sollte die Leitung nicht blockieren und …"

„In Ordnung, Steve, aber sieh's doch mal so, bevor du auflegst", sagte Rayanne. „Fühlst du dich immer noch mies, weil du über die Feiertage alleine bist?"

„Nein. Nein, ich schätze … nicht. Danke." Es gab ein Klicken in der Leitung, als Brian den Hörer auflegte.

Rayanne drehte sich zu Sharon um und hängte ihren Hörer ein. Dann sprang sie von ihrem Stuhl hoch und hielt Sharon die Hand hin. „Schlag ein!"

Patty Chase fuhr langsam durch das Viertel, in dem sie das Lagerhaus vermutete. Doch es schneite ziemlich heftig, und sie konnte kaum erkennen, wohin sie fuhr. In dieser Ecke von Pittsburgh kannte sie sich nicht besonders gut aus – genau genommen so gut wie gar nicht.

Als sie auf dem Bürgersteig einen Menschen erspähte

hielt sie an und drehte das Fenster herunter. „Entschuldigen Sie? Ich suche die Tennessee Avenue?“

Der Passant ging ohne eine Antwort seines Weges.

Patty fuhr weiter. Von Zeit zu Zeit versuchte sie, einen Blick auf den Stadtplan zu erhaschen, der ausgebreitet neben ihr auf dem Beifahrersitz lag. Sie bog links ab, dann rechts … Wo um alles in der Welt ist diese Halle nur?, fragte sie sich frustriert. Es war Heiligabend. Hatte Angela unbedingt ausgerechnet am Weihnachtsabend auf und davonlaufen müssen – mitten in einem Schneesturm?

Ganz plötzlich, während sie das geschäftige Treiben auf dem Bürgersteig beobachtete, stachen ihr ein Paar schwerer schwarzer Stiefel ins Auge.

„Angela?“, keuchte sie und starrte auf die Stiefel, als hätte ein Scheinwerfer sie erfasst. Die Person, die die Stiefel trug, schob sich durch eine Gruppe von Menschen, die sich um ein Feuer in einer riesigen metallenen Abfalltonne drängten. Patty konnte lediglich ausmachen, dass die Person ein Mädchen war – etwa so groß wie Angela. Als sie den Wagen in eine Parklücke steuerte, bog die Gestalt um eine Ecke und betrat einen eingezäunten Hof.

Patty schwang die Wagentür auf, stieg aus und rannte ihr nach. „Angela? Angela?“ Sie hastete in den Hof und sah sich wie wild um.

Ein Mädchen, das einen wollenen Poncho und auf dem Rücken eine Gitarre trug, drehte sich um. Sie sah Angela nicht im Geringsten ähnlich, abgesehen davon, dass sie im gleichen Alter war und dieselbe Art Stiefel an den Füßen hatte. Sie hatte mehrere Schichten von Klamotten übereinander an … beinahe so, als ob sie sie brauchte, weil sie sich immer im Freien aufhielt. Sie ist obdachlos, realisierte Patty.

„Oh. Nichts für ungut. Ich meine … es tut mir Leid", sagte Patty. „Meine Tochter hat nur genau solche Stiefel."

„Und es überrascht Sie, solche Stiefel an jemandem wie mir zu sehen?", erwiderte das Mädchen.

Patty schüttelte den Kopf. „Oh, nein, überhaupt nicht. Ich bin nur – es tut mir Leid, wenn es so geklungen hat …" Sie suchte nach den richtigen Worten. „Weißt du, ich versuche meine Tochter zu finden." In mehr als nur einer Hinsicht. „Und es sieht ganz so aus, als hätte ich mich … verlaufen."

Das Mädchen nickte. „Ich weiß, weil es keinen Sinn macht. Denn ich unterscheide mich nicht von Ihrer Tochter. Und doch … sehen Sie mich an."

„Nein, du verstehst mich nicht", sagte Patty leise.

„Aber sicher tue ich das", sagte das Mädchen. „Ich hatte auch eine Mom. Saubere Bettwäsche. Wärme. Alles was dazugehört. Wären die Würfel anders gefallen, könnte ich jetzt in den Schuhen Ihrer Tochter stecken und sie in meinen."

Das ist dasselbe, was Angela mir vorher zu sagen versuchte. Und vielleicht hatte sie ja Recht, auch wenn ich so handeln musste. Wenn wir wieder so einen bösen Streit wie heute Abend hätten und sie würde weglaufen … Ist es das, was diesem Mädchen hier passiert ist? Und was war nur mit Angela passiert?

„Warum bist du von zu Hause fortgerannt?“, sagte Patty in sanftem Ton.

„Meine Mutter und ich hatten einen Streit. Einen dieser fürchterlichen Streits, die einen völlig zu überwältigen scheinen“, sagte das Mädchen. „So etwas kann jedem passieren.“ Sie wandte sich zum Gehen.

Während Patty zusah, wie das Mädchen davonging, zog es ihr das Herz zusammen. Sollte sie nicht irgendetwas tun? Doch was konnte sie schon tun?

„Warte“, sagte Patty und eilte ihr nach. Als sie mit schnellen Schritten aus dem Hof hinaustrat, verschwand das Mädchen gerade um die nächste Ecke. In der Dunkelheit sah der schneebedeckte Gitarrenkoffer, der über ihrer Schulter hing, beinahe wie ein Engelsflügel aus.

Vielleicht ist sie wirklich ein Engel, dachte Patty als sie sich umdrehte, in den Hof zurückging und dabei feststellte, dass er zu einer Kirche gehörte. Sie hat mich hierher geführt.

„Hallo?“, sagte Mr. Chase, als er ans Telefon ging.

„Daddy …“, sagte Angela. Sie stand am Münztelefon im Keller der Kirche und spielte mit der Metallstrippe herum.

„Angela!“, rief ihr Vater.

„Dad, es tut mir Leid.“, sagte Angela.

„Ist schon in Ordnung. Sag mir nur, wo du bist“, sagte ihr Vater.

„Ich bin … nun, du wirst es nicht glauben. Aber ich bin im Keller einer Kirche“, sagte Angela. „Sie haben alle Jugendlichen aus dem Lagerhaus hierher gebracht.“ Sie ließ ihren Blick über den überfüllten Kellerraum und den Mann im Santa-Claus-Kostüm schweifen.

„Gib mir nur deine Adresse. Ja. Ich weiß, wo das ist. Bleib wo du bist, wir kommen hin und holen dich."

Patty stieg die Kirchentreppe hinauf und zog die schwere Tür auf. Drinnen sang ein Gospelchor von vier Frauen für die spärlichen Anwesenden „Stille Nacht". Ihre Stimmen klangen so wundervoll, dass Patty Tränen in die Augen traten.

Es war schon sehr lange her, seit sie das letzte Mal in einer Kirche gewesen war … aber warum blieb sie eigentlich fern? Es war so tröstlich hier, so sicher.

Als sie weiter in die Kirche hineinging, entdeckte sie Rickie, der auf den Knien betete, während er eine Kerze anzündete. Gott sei Dank geht es ihm gut, dachte sie. Ihr Hals war vor Rührung wie zugeschnürt.

Rickie beendete sein Gebet und stand auf. Patty ging auf ihn zu und nahm seine Hand in ihre. Er fing zu weinen an und da nahm sie ihn in die Arme und drückte ihn fest, während er, den Kopf auf ihre Schulter gelegt, schluchzte.

„Es tut mir so Leid, Rickie. Ich hatte ja keine Ahnung", hätte sie gerne gesagt. Doch sie wechselten kein Wort, sprachen nichts.

Sie setzten sich hinten in der Kirche in eine Bank und hielten sich gegenseitig an den Händen.

Angela stieg, der wunderschönen Chormusik lauschend, die Kellertreppe hinauf. Sie hatte den freiwilligen Helfern Bescheid gesagt, dass sie nach oben ging, damit ihr Vater, wenn er ankam, wusste wo er sie finden konnte.

Ich wollte dieses Weihnachten in die Kirche gehen. Aber ich wäre nie darauf gekommen, dass es auf diese Art passieren würde, dachte sie, während sie langsam den Mittelgang entlangschritt.

Ganz plötzlich entdeckte sie aus dem Augenwinkel heraus einen Hut, der genau wie der aussah, den Rickie ständig trug. Sie drehte sich um, um festzustellen, ob er es wirklich war – er war nicht unten bei den anderen gewesen und sie hatte sich schon schreckliche Sorgen um ihn gemacht.

Ja, es war Rickie. Und neben ihm saß ihre Mutter.

Und es war überraschend ... aber es kam ihr gar nicht so seltsam vor. Sie eilte auf die beiden zu und umarmte Rickie heftig. Sie wollte ihn gar nicht mehr loslassen.

Angelas Mutter stand neben den beiden und wartete geduldig. Schließlich ließ Angela Rickie los und wandte sich mit ausgebreiteten Armen zu ihr um. „Es tut mir so Leid, Mom, wegen vorhin“, hätte sie gerne gesagt, aber sie hatte das Gefühl, gar nichts sagen zu müssen. Es war so offensichtlich, dass sie sich alle gegenseitig gerne hatten, egal was sie sagten.

Sie hatten sich gerade wieder hingesetzt, als Angela ihren Vater, Danielle und Brian entdeckte, die in die Kirche traten. Sie setzten sich in die Bank vor ihnen. Angela grinste ihre kleine Schwester an, als Rickie ihre Hand nahm und drückte.

Irgendwie war es sogar schön, Brian zu sehen. Sie beugte sich nach vorne. „Fröhliche Weihnachten“, flüsterte sie ihm ins Ohr.

7

„Prima Pfannkuchen!“, sagte Mr. Chase.

„Ich habe nur das getan, was auf der Packung steht“, sagte Rickie mit einem Achselzucken, während er die Arbeitsfläche in der Küche der Chase abwischte. Seit der Nacht, in der sie ihn in der Kirche gefunden hatten – seit dem Weihnachtsabend – wohnte er bei Angela zu Hause.

„Mein grüner Pullover ist verschwunden“, beklagte sich Danielle, die in die Küche spaziert kam.

„Er liegt unter dem Couchtisch neben dem Zeitschriftenstapel“, informierte Rickie sie.

Mr. Chase blickte verdutzt auf. „Da gibt es einen Zeitschriftenstapel?“

„Jetzt ja“, sagte Rickie.

Angela kam in die Küche. „Du spülst schon wieder ab?“, fragte sie Rickie.

„Okay, ich bin weg. Ich wünsche euch einen schönen ersten Schultag!“, sagte Mrs. Chase fröhlich.

„Ha, ha“, murmelte Angela.

Was für eine normale Mom. Sie sagte immer so ganz normale Dinge wie das eben. Rickie trocknete sich mit einem Geschirrtuch die Hände ab. „Ich wünsche Ihnen ein schönen Arbeitstag!“, rief er Mrs. Chase nach.

Angela packte ihn am Arm und zog ihn zur Tür hinaus. „Komm schon, sonst verpassen wir noch den Bus!“

Rickie stiefelte neben Angela her den Bürgersteig entlang. Zur Schule war es schrecklich weit – dafür brauchte man ewig. Ganz plötzlich fiel ihm etwas ein. „Ich habe meine Kopie der Odyssee vergessen. Ich bin gleich zurück." Er rannte zum Haus zurück und öffnete die Tür. Noch bevor er den ersten Schritt hinein machen konnte, hörte er Angelas Mutter reden.

„Er ist so ein guter Junge, aber wie soll es mit ihm bloß weitergehen? Warum haben sich seine Tante und sein Onkel nicht mit uns Verbindung gesetzt?", überlegte Mrs. Chase laut. „Er ist nun schon über eine Woche bei uns."

„Ich weiß", antwortete Angelas Vater. „Ich habe schon versucht mit ihm darüber zu reden, aber ..."

„Wir müssen uns mit seiner Familie in Verbindung setzen. Oder er muss es tun", fuhr Mrs. Chase fort. „Ich meine, er kann schließlich nicht für immer bei uns bleiben."

Rickie schloss die Tür ohne einzutreten. Seine Ausgabe der Odyssee konnte ihm erst mal gestohlen bleiben. Er hatte jetzt größere Probleme. Er musste schleunigst einen neuen Platz finden, an dem er bleiben konnte.

„Okay. Dann lasst uns doch mal ganz von vorne beginnen. Hat irgendjemand schon mal angefangen, das Buch zu lesen?", fragte Mr. Katimski mit gereizter Stimme.

Er kann schließlich nicht für immer bleiben. Rickie kritzelte einen Stapel Pfannkuchen in sein Notizbuch. Die Stimme von Angelas Mutter hallte ihm wieder und wieder durch den Kopf. Sie hatte Recht, natürlich. Aber ... wo sollte er denn sonst hingehen?

„Hat jemand wenigstens den Klappentext gelesen?",

fragte Mr. Katimski, der ganz danach aussah, als würde er seine Ausgabe der Odyssee am liebsten jemanden an den Kopf werfen. „Okay. Ich habe seit beinahe sechsunddreißig Stunden keinen Kaffee getrunken“, gestand Mr. Katimski. „Ich könnte ein bisschen Unterstützung von euch brauchen. Was will Odysseus?“

„Enrique? Irgendeinen Gedanken dazu?“

Gedanken, ja. Über Odysseus, nein. „Ehm, nun ...“, sagte er, um Zeit zu schinden. „Wissen Sie ...“

„Was?“, fragte Mr. Katimski.

Genau da schrillte die Klingel los und beendete den Unterricht. Alle sprangen von ihren Stühlen auf und stürmten in Richtung Türe.

„Einen Moment mal! Ich will, dass jeder von euch zwei Seiten schreibt. Bis morgen“, sagte Mr. Katimski. „Die Überschrift lautet ... ‚Was will Odysseus?‘“ Er schrieb den Titel in zittriger, krakeliger Schrift an die Tafel. „Ich lasse keine Ausreden gelten!“

Langsam aber sicher wohnen wir in diesem Auto, dachte Angela. Sie trug etwa sieben Schichten Klamotten übereinander, weil Jordan das Dach des Cabrios aufgeklappt hatte. Er lag rücklings auf der Motorhaube, rauchte und entspannte sich, während Angela an seinen Physikhausaufgaben arbeitete. Sie notierte eine Lösung in sein grünes Notizbuch aus losen Blättern.

Plötzlich setzte sich Jordan auf. „Das ist nicht richtig“, sagte er ganz unvermittelt.

„Was ist?“, fragte Angela.

„Du. Dass du meine Hausaufgaben machst. Das ist

nicht richtig. Das ist so, als würde ich dich ausnützen oder so."

„Du nützt mich nicht aus!", protestierte Angela. Okay, vielleicht tust du es doch. Aber vielleicht gefällt mir das. Noch irgendeine Beziehung zu dir zu haben.

„Weißt du, es war etwas Anderes, solange wir noch, naja ... aber das sind wir nicht mehr und du bist, du weißt schon, nur eine gute Freundin. Oder was auch immer." Jordan begann seine Bücher einzusammeln.

Nur eine gute Freundin. Nur ein Mädchen. Ich habe kein Interesse an dir. Jordan hatte es wirklich drauf, einem immer die süßesten Dinge zu sagen.

„Ich kann das nicht mehr machen." Jordan sprang auf den Boden hinunter, nahm Angela das Notizheft aus der Hand, drehte sich um und ging davon.

Angela saß auf der Motorhaube des Wagens und wusste nicht so recht, ob sie sich glücklich oder niedergeschlagen fühlen sollte.

Sharon sah Kyle ein Stück weit voraus auf dem Korridor, wo er sich mit ein paar Freunden aus seiner Footballmannschaft unterhielt. Dadurch, dass sie immer blaue Jacken mit großen Buchstaben darauf trugen, konnte man sie leicht in der Menge entdecken. Gott sei Dank, dachte Sharon und stahl sich in einen der Musikübungsräume.

„Sharon!", rief Kyle und hastete ihr hinterher. Er hämmerte gegen die geschlossene Tür.

„Entschuldige mal! Wir waren zuerst hier", sagte Rayanne. Ihre Stimme kam aus dem Hintergrund.

Sharon fuhr herum und sah Rayanne, die auf Phils Schoß saß. „Tut mir Leid", flüsterte sie. „Ein Notfall."

„Sharon, lass mich rein", drängte Kyle von draußen.

Sie öffnete die Tür einen Spalt. „Was?"

„Gehst du mir aus dem Weg?", fragte Kyle.

„Nimmst du dich nicht ein bisschen zu wichtig? Du denkst wohl, die Leute hätten den ganzen Tag nichts Besseres zu tun, als dir aus dem Weg zu gehen?", fragte Sharon. Selbst wenn es so war.

Kyle versuchte, die Tür ein Stück weiter zu öffnen. „Kannst du die Tür bitte ganz aufmachen?"

Sharon ließ ihn widerstrebend ein. Dass Rayanne und Phil in der Ecke stürmisch miteinander knutschten, störte ihn nicht im Geringsten.

„Hör mal, ich weiß warum du mir aus dem Weg gehst", sagte Kyle.

Weil du dumm wie Stroh bist? Weil dein Gesprächsthemen äußerst beschränkt sind? Und deine Chancen, jemals den Abschluss zu machen hauchdünn?

„Ehm … das weißt du?", fragte Sharon. „Ich meine, was weißt du denn?" Gewöhnlich nicht allzu viel.

„Du gehst mir aus dem Weg weil du denkst, dass das, was vor kurzem in dieser Nacht passiert ist, in der Sylvesternacht – also du denkst, dass mir das nicht so viel bedeutet hat wie dir. Du weißt schon, weil du ein Mädchen bist und so weiter. Aber siehst du, das hat es." Er schaute ihr in die Augen. „Ich liebe dich, Sharon."

Rayanne lachte schallend los.

„Es stimmt. Ich liebe dich und es ist mir schnuppe, wer davon weiß!", sagte Kyle voller Stolz. „So. Das war's."

Rickie blieb auf halbem Weg die Treppe hinunter stehen. Er hatte gehofft, unbemerkt aus dem Haus zu kommen, doch nun standen da Mr. und Mrs. Chase unten an der Treppe und warteten auf ihn.

„Rickie? Was ist denn los?", fragte Mr. Chase.

„Nichts." Er hängte sich seinen kleinen Matchbeutel über die andere Schulter. „Es ist nur … ich gehe nach Hause."

„Was?" Mrs. Chase klang geschockt. „Wann?"

„Ich schätze mal … jetzt gleich. Angela habe ich schon Bescheid gesagt." Rickie gab sich alle Mühe, möglichst beiläufig zu klingen. „Tino kommt mich abholen." Er wandte sich an Angelas Vater. Aus irgendeinem Grund fiel es ihm erheblich leichter, mit Mr. Chase zu reden. „Wie ist die Hollandaise geworden?"

„G-gut", sagte Mr. Chase. Er sah verwirrt aus. „Hör mal, Rickie, du musst nicht …"

„Bist du sicher, dass du das möchtest", fragte Mrs. Chase.

„Oh, ja", log Rickie. „Ich habe mit meiner Tante und meinem Onkel geredet. Wir haben uns richtig ausgesprochen. Alles geklärt. Ich denke, nun wird alles echt gut laufen!", sagte er strahlend. „Also … dann, vielen Dank. Ich habe mich hier richtig wohl gefühlt. Sie sind großartig, alle beide. Aber wissen Sie, meine Tante und mein Onkel sind eben meine Familie, deshalb … muss ich gehen."

„Warte einen Moment!" Mr. Chase folgte ihm zur Tür.

„Wir würden gerne mit deiner Tante und deinem Onkel sprechen", fügte Mrs. Chase hinzu. „Ich meine …"

„Nein, ich weiß“, unterbrach Rickie sie. „Meine Tante hat mir gesagt, sie wollte Sie anrufen und sich bedanken. Aber ich schätze, es war ihr einfach ein bisschen zu peinlich oder so.“

Sie blickten ihn mit ausdruckslosen Mienen an.

„Also, danke für alles!“ Rickie öffnete die Tür und trat auf die Veranda hinaus.

„Tschüss!“

„Pass auf dich auf!“

Rickie zog die Tür hinter sich zu. Dann klappte er seinen Kragen hoch und schlang seine Arme um sich wegen des eisigen Windes. Jetzt bin ich hier raus … und was nun?

8

„Das betrifft alle! Bevor ihr geht, möchte ich eure Odysseus-Aufsätze! Und vergesst nicht, bis zum Freitag die ersten fünfzig Seiten zu lesen", verkündete Mr. Katimski.

Rickie lag mit dem Kopf auf seinem Pult. Er hatte das Gefühl, sich unmöglich bewegen zu können. In der vergangenen Nacht hatte er gerade mal eine Stunde geschlafen – die anderen Jugendlichen im Lagerhaus hatten eine Party gefeiert.

„Hast du auch mit Koffein aufgehört?"

„Hah?", fragte Rickie, während er zu Mr. Katimski aufsah, der vor seinem Pult stand.

„Ich habe mit Koffein aufgehört. Mit Kaffee, um genau zu sein. Das war mein Vorsatz fürs Neue Jahr", erklärte Mr. Katimski. „Du siehst so müde aus, wie ich mich fühle."

„Oh, naja, ich … ehm, ich habe nicht allzu viel Schlaf bekommen. Ich habe gestern bei einer Freundin übernachtet", erzählte ihm Rickie. „Sie kennen doch Angela Chase? Sie ist in Ihrer anderen Englischklasse. Die mit dem roten Haar, das sich langsam auswächst?"

„Ah-hah. Und, wo ist dein Aufsatz?", fragte Mr. Katimski.

„Oh." Eine Ausrede zieht die nächste nach sich. Ausrede … oder glatte Lüge, genau genommen. „Es ist so, ihre kleine Schwester, Angelas kleine Schwester? Danielle?“, sagte Rickie. „Die hat entsetzliche Kopfschmerzen bekommen. Wir mussten mit ihr zum Bereitschaftsarzt. Deshalb bin ich einfach nicht dazugekommen, meine Aufgaben zu machen.“

Genau in diesem Moment kam Angela auf der Suche nach ihm in das Klassenzimmer. „Rickie?“

Ein gutes Beispiel für schlechtes Timing. Rickie stand schon einmal auf. So war es leichter, sich aus dem Staub zu machen.

„Hallo!“ Mr. Katimski begrüßte sie herzlich. „Wie geht's denn deiner Schwester?“

Angela legte die Stirn in Falten, während sie krampfhaft überlegte, wovon er redete. „Es geht ihr gut.“

Rickie schob seine Bank so heftig zur Seite, dass sie beinahe umkippte. „Entschuldigen Sie mich, aber ich muss pünktlich zur nächsten Stunde sein, sonst ...“ Er beeilte sich, aus dem Klassenzimmer hinauszukommen.

„Warte! Rickie!“ Angela lief zu ihm und flüsterte: „Hör mal. Rayanne ist total aus dem Häuschen. Du musst ihr sagen, dass alles in Ordnung ist.“ Sie starrte ihn eine Sekunde lang an. „Es ist doch alles in Ordnung, oder?“

„Natürlich!“, sagte Rickie.

„Nun, dann sag Rayanne Bescheid, okay? Sie denkt, meine Mom hätte dich rausgeworfen oder so“, sagte Angela. „Sie macht mich noch wahnsinnig.“

„Ich werd's ihr sagen. Bis später!“ Rickie lief zum Zimmer hinaus.

Alles in Ordnung. Wenn es einem nichts ausmacht, mitten im Winter mit einer Horde von Leuten, die man nicht kennt, in einer Lagerhalle zu wohnen.

„Warte, ehm, Angela?“, bat Mr. Katimski, als Rickie verschwunden war. „Also, Enrique hat gestern bei dir zu Hause übernachtet?“

„Was? Nein“, sagte Angela. „Hat er das etwa gesagt?“

„Oh, dann bringe ich wohl etwas durcheinander.“ Mr. Katimski schüttelte den Kopf. Er sah verwirrt aus. „Ich dachte …“

„Er hat bei mir zu Hause gewohnt. Ungefähr eine Woche lang. Aber jetzt ist er wieder zu seiner Familie zurück. Ich meine, da scheint sich alles wieder eingerenkt zu haben, schätze ich“, erklärte ihm Angela.

„Naja … gut. Das ist gut.“ Mr. Katimski nickte, klang aber noch immer ratlos.

Angela beschloss das Thema zu wechseln. Es gab da sowieso etwas, was sie von Mr. Katimski wissen wollte. „Kann ich mal Sie etwas fragen?“, sagte sie.

„Sicher.“ Mr. Katimski rieb sich die Schläfen, als hätte er schlimme Kopfschmerzen. „Nur zu.“

„Also, sagen wir mal, es gibt da jemanden. Der in verschiedenen Dingen ziemlich helle ist. Doch in der Schule ist er keine große Leuchte“, sagte Angela und versuchte dabei, Jordans Identität geheim zu halten. „Zum Beispiel in Englisch.“

„Mehr brauchst du nicht zu sagen.“ Mr. Katimski führte Angela zu einem der vielen Schwarzen Bretter, mit den die Wände der Eingangshalle übersät waren. „Siehst du das da? Das ist eine Anmeldeliste. Für das Nachhilfeprogramm. Du kannst gleich heute nach der Schule anfangen.“

„Danke.“ Aber es geht dabei nicht um mich. Angela

holte einen Stift aus ihrer Tasche und streckte die Hand nach dem Zettel aus. „Jordan Catalano", schrieb sie fein säuberlich darauf. Sie sah zu Mr. Katimski auf und wurde rot im Gesicht. „Sie wissen schon. Manche Leute brauchen Hilfe, wissen aber nicht so recht … wo sie sie bekommen."

„Komm schon, Cherski. Streng dich an", sagte Rayanne. Sie saß neben Sharon, die gerade ihr zwanzigstes Sit-up beendete.

„Wieso bist du überhaupt hier?", grunzte Sharon, während sie sich ein weiteres Mal aufrichtete. „Du bist nicht im Gymnastikkurs. Dein Training besteht darin, dass du jede Nacht unterwegs bist und auf Partys herumhängst."

„Komm schon, ich trainiere ständig. Hier, ich halte deine Füße fest – so geht es leichter", bot Rayanne an. „Weißt du was? Ich spiele ihn in meinem Kopf immer wieder ab … diesen magischen Augenblick. Mit dir und Kyle."

„Halt die Klappe", sagte Sharon.

„Ich kann noch immer kaum glauben, wie er dir seine Liebe erklärt hat." Rayanne kicherte. „Also, das war's jetzt für dich, richtig? Jetzt bist du völlig glücklich und alles, stimmt's?"

„Nein! Wir haben Schluss gemacht. Also, offiziell!" Sharon stand auf. „Aber dann, in der Sylvesternacht, habe ich mir diesen Film mit Brad Pitt angesehen, in dem ständig geangelt wird. Und da hat Kyle angerufen und das Nächste, woran ich mich erinnern kann …" Sie stöhnte. „Was stimmt bloß nicht mit mir?"

„Hör mal, Cherski. Nimm zum Beispiel mal mich und Bobby."

„Wer ist Bobby?"

„Der Typ, mit dem ich zusammen war, als du und Kyle uns unterbrochen habt", sagte Rayanne. War denn das nicht offensichtlich?

„Bobby?" Sharon lachte. „Rayanne, der Junge heißt Phil."

„Oh. Wie auch immer." Rayanne zuckte die Achseln. „Der Punkt ist jedenfalls, dass Bill und ich nicht verliebt sind oder so."

„Phil! Nicht Bill."

„Und wenn schon. Wir müssen doch nicht gleich verliebt sein, nur um Spaß miteinander zu haben. Oder? Ich meine, wir müssen uns noch nicht einmal besonders gerne mögen", erklärte Rayanne. „Außer in einer Hinsicht."

„Ja, schon", stimmte Sharon ihr zu. „Aber was wäre wenn … er dich lieben würde? Und wenn du ihn nur benutzen würdest. Verstehst du? Weil du gerade einen Film mit Brad Pitt gesehen hast. Und dann hast du mehr Spaß mit ihm, als du das vorher hattest, als du technisch gesehen eigentlich … in ihn verliebt hättest sein müssen. Viel mehr Spaß sogar."

„Einen Moment mal. Redest du etwa von diesem öden Film – den mit den fliegenden Fischen?", fragte Rayanne.

„Fliegenfischen. Aber egal, ich werde zu Kyle gehen. Ich werde ihm die Wahrheit sagen", verkündete Sharon.

„Dass ich nicht viel für ihn übrig habe. Dass ich mich nur … einsam gefühlt habe in dieser Nacht oder so. Dass es mir Leid tut. Und dann, nachdem ich ihm das Herz gebrochen habe, werde ich so etwas nie wieder tun. Ich werde nie wieder Sex mit jemandem haben, solange ich mir nicht sicher bin, das er der Richtige ist und ich total in ihn verliebt bin.“ Sie lächelte und sah fast ein bisschen stolz auf sich selbst aus. „Das ist mein Vorsatz fürs Neue Jahr.“

„Wirklich.“ Rayanne nickte. „Nun, ich hoffe nur, dass Brad Pitt dann noch zu haben ist.“

„Warte mal. Du hast mich da tatsächlich eingetragen?“, fragte Jordan.

„Mir ist schon klar, dass das irgendwie nicht richtig war. Aber ich habe so ein Gefühl, dass es dir sehr gut tun wird“, sagte Angela.

„Ich weiß nicht.“

„Willst du wissen, wer dein Tutor sein wird? Sein Name steht direkt neben deinem“, sagte Angela, während sie mit dem Finger über die Liste fuhr, von der Stelle, wo sie Jordan eingetragen hatte zu …

„Brain Kray-kow?“, las Jordan laut vor.

Angela starrte auf das Blatt Papier. Brian Krakow? Das darf doch nicht wahr sein. „Okay. Vielleicht war das doch keine so gute Idee“, gab sie zu. Als sie ihren Blick Jordan zuwandte, sah sie Brian, der den Gang entlang auf sie zukam. „Vielleicht war es sogar eine ziemlich blöde Idee.“

„Nein“, sagte Jordan. „Ich meine, wo ich schon einmal

angemeldet bin und vielleicht hilft's mir ja wirklich …"

„Ja, aber …" Angela trat von der Wand zurück, als Brian darauf zuging, um sich die Nachhilfeliste anzusehen. Er überflog sie, ohne einen der beiden zu grüßen. Angela wusste nicht recht, was sie sagen sollte. Sie hatte das Gefühl in eine Falle getappt zu sein, wie ein kleines Tier.

Brian bekam große Augen und wandte sich zu Jordan um. Er sah empört aus. „Du?"

Jordan hustete. „Bist du Brain?"

Brian starrte ihn an. „Brian."

„Richtig", sagte Jordan.

Angela biss sich auf die Unterlippe. Sie hatte das Gefühl, gerade Zeuge davon geworden zu sein, wie Öl und Wasser … nicht zusammengekommen waren.

„Aber wenn man umzieht, hinterläßt man dann denn nicht die neue Nummer?", fragte Rickie die Dame von der Telefonauskunft. Er versuchte, die Adresse seiner Tante und seines Onkels herauszufinden. Er hatte zwar keine Lust, zu ihnen zurückzukehren, aber das Gefühl, dass ihm gar keine andere Wahl blieb. „Ich meine, haben Sie eine Nummer von ihnen?" Rickie trommelte mit den Fingern oben auf den Apparat.

„Nein, Sir", antwortete das Fräulein vom Amt. „Es tut mir Leid. Aber uns liegen keinerlei Informationen vor."

„Aber das ist doch unmöglich", wandte Rickie ein. „Die sind noch nie umgezogen, ohne mir Bescheid zu sagen. Ich meine, das wäre doch wirklich … das wäre doch, naja, verrückt. Nicht nur verrückt – das wäre unmöglich.

Menschen tun so etwas einfach nicht. Oder doch?“

Am anderen Ende der Leitung herrschte Schweigen. Die Dame von der Auskunft hatte sich ausgeklinkt.

Rickie hängte den Hörer auf. Das Telefon hing an der Wand im Korridor der Schule. Er musste etwas unternehmen. Er konnte keine weitere Nacht in dieser Lagerhalle verbringen. Der Unterricht begann erst in einer halben Stunde.

Er marschierte auf Mr. Katimskis Klassenzimmer zu und streckte den Kopf durch die Tür. Er stellte erleichtert fest, dass sein Englischlehrer bereits an seinem Pult saß. „Mr. Katimski?“

„Enrique!“, rief der aus und klang erfreut darüber, ihn zu sehen. „Du meine Güte, du bist aber früh dran.“

„Kann ich mit Ihnen reden? Vor dem Unterricht?“, fragte Rickie. „Über … die Odyssee?“ Er setzte sich Mr. Katimski gegenüber auf den Stuhl.

Rickie beschloss, die Sache langsam anzugehen. Er konnte ja schlecht geradewegs damit herausplatzen, dass er kein Zuhause hatte. Womöglich wäre Mr. Katimski dann zu schockiert gewesen, um ihm zu helfen. So wie die Chase. So wie alle. „Ehm, dieser Aufsatz darüber, was Odysseus will … könnte ich für den eine Verlängerung bekommen?“, fragte Rickie.

„Okay“, sagte Mr. Katimski bedächtig.

„Ich hab das Buch schon gelesen und alles“, sagte Rickie. „Es geht um so einen einsamen Typen, der um die Welt reist, viele Jahre lang.“

„Stimmt.“

„Aber ist es nicht seltsam, wie die Geschichte in der

Mitte beginnt. Wie nennt man das gleich noch mal?", fragte Rickie.

„In medias res. Das ist lateinisch. Es bedeutet, in der Mitte der Dinge", erklärte Mr. Katimski.

„Richtig. Ich schätze man kann sagen, dass ich mich damit ganz gut … identifizieren könnte." Rickie hielt inne. „Wissen Sie, zur Zeit? Habe ich irgendwie … keinen Platz zum Wohnen."

„Oh, mein Gott", sagte Mr. Katimski. „Was ist passiert? Was …?"

„Ist schon okay. Es wird alles in Ordnung kommen. Ich habe bei meiner Tante und meinem Onkel gewohnt. Aber wissen Sie, mein Onkel …" Er brachte es nicht fertig, diesen Satz zu beenden. Das konnte er Mr. Katimski einfach nicht erzählen. „Wie auch immer, ich habe eine Zeitlang bei Angela zu Hause gewohnt. Und die sind da wirklich nett, das ist eine richtig große, glückliche Familie. Aber irgendwie? Habe ich mich dadurch fast noch einsamer gefühlt. Ich weiß, das klingt undankbar."

„Nein, tut es nicht. Ich verstehe das", sagte Mr. Katimski. „Komm mit. Möglicherweise gibt es etwas, was ich für dich tun kann."

„Und du bist sicher, dass dein Onkel und deine Tante umgezogen sind?", fragte ihn Ms. Krzyzanowski zehn Minuten später.

Rickie nickte, während er sich in ihrem Büro umschaute. Seiner Meinung nach verbrachten er und Rayanne viel zu viel Zeit hier drinnen. „Ganz sicher."

„Ganz offensichtlich kann er nicht zurück – ich meine,

da muss es doch irgendeine Lösung geben“, sagte Mr. Katimski. Er klang frustriert.

„Ich hätte da schon einen Platz im Kopf. Der könnte perfekt sein für … wie war doch gleich der Name, Enrique?“ Sie schob ihre Brille auf der Nase hoch, während sie Rickie betrachtete.

„Rickie. Um genau zu sein.“ Er warf Mr. Katimski einen Blick zu und sie lächelten sich gegenseitig nervös und auf eine gewisse Art vertraulich an. „Er ist der Einzige, der mich Enrique nennt. Naja egal, jedenfalls habe ich vor, mir einen Job zu suchen. Und vielleicht eine Wohnung zu mieten.“

„Rickie? Ich bin mir nicht sicher, ob das besonders realistisch ist“, sagte Ms. Krzyzanowski. „Die Einrichtung, an die ich denke, ist das Pridehaus.“

„Oh? Und was ist das? Was für eine Art Einrichtung ist das?“ Mr. Katimski klang misstrauisch.

„Ein Freund von einem Freund von mir leitet es. Es hat eine herzliche Atmosphäre. Großartiges Personal. Es ist fast so etwas, wie eine große Familie.“

‚Fast‘ scheint in dem Satz das Schlüsselwort zu sein, dachte Rickie und fühlte sich gleich noch niedergeschlagener.

„Nun, das hört sich ja ziemlich gut an“, sagte Mr. Katimski an Rickie gewandt. „Findest du nicht? Ich meine, du meine Güte. Nette Leute …“

Rickie zuckte die Achseln. „Ich schätze schon.“

„Also, ich werde da mal anrufen und sehen, ob mir jemand einen Gefallen tut.“ Ms. Krzyzanowski füllte für Rickie einen Passierschein aus. „Geh jetzt in deine Klasse. Ich lass es dich wissen, sobald ich etwas erreicht habe.“

„Also gut. Das klingt ja … recht vielversprechend.“ Mr. Katimski rang sich ein schiefes Lächeln ab. „Oh, du meine Güte, ich selbst muss auch dringend zum Unterricht zurück.“ Er stand auf. „Alles in Ordnung mit dir? Möchtest du noch einen Donut?“

„Nein“, sagte Rickie kurz angebunden. „Ich meine, mir geht's gut, dankeschön.“ Zumindest denke ich, dass es mir nun gutgehen könnte.

„So. Ein glückliches Neues Jahr“, sagte Brian, als er vor Sharons Schließfach stehenblieb.

„Was? Oh, ja klar. Schon seit letzter Woche“, sagte Sharon irritiert, während sie Bücher aus ihrem Schließfach nahm.

„Und – wie läuft's denn so?“, fragte Brian und gab sich alle Mühe, möglichst beiläufig zu klingen. „Wie geht's, ehm, Delia Fisher?“

Sharon schaute ihn an und zog eine Augenbraue in die Höhe. „Was willst du, Krakow?“

„Nichts! Warum sollte ich etwas wollen?“, sagte Brian. „Ich wollte dich nur um … einen Gefallen bitten.“

Sharon kräuselte die Lippen. „Hat es etwas mit Delia Fisher zu tun?“

„Nein. Es hat was mit Jordan Catalano zu tun.“

Sharon knallte die Tür ihres Schließfaches zu und begann den Korridor entlang davonzugehen.

Brian beeilte sich, mit ihr Schritt zu halten. „Er ist mir zugeteilt worden. Zur Nachhilfe“, erklärte er.

„Und ich … möchte nicht sein Tutor sein. Ich meine, du hast doch auch einen Nachhilfeschüler, stimmt's? Könntest du da nicht einfach mit mir tauschen?", fragte Brian. Bitte?

Aus den Augenwinkeln heraus sah Brian Kyle, Sharons Exfreund, der auf sie zugesteuert kam. Er hatte einen kleinen goldbraunen Teddybären in der Hand. „Für dich", sagte er und überreichte ihn Sharon.

„Danke." Sie ging mit verlegenem Gesicht weiter.

Brian war überrascht – er dachte, die beiden hätten sich bereits vor einer ganzen Weile getrennt. Pärchen. Das werde ich nie verstehen. Wahrscheinlich solange, bis ich … selbst zu einem gehöre. „Dann bist du jetzt also … wieder mit Kyle zusammen?", fragte er Sharon aus reiner Nettigkeit.

„Nein, nicht richtig. Es ist nur so, dass … nein, vergiss es einfach. Ich kann mir dir nicht darüber reden." Sie legte eine kurze Pause ein. „Und warum kannst du Jordan Catalano nicht betreuen?"

„Darüber kann ich nicht reden." Einen Moment mal. Cherski wird sich nie darauf einlassen, wenn du nicht mir darüber redest, dämmerte es ihm. „Ich kann nicht sein Tutor sein, weil ich mir dabei … irgendwie scheinheilig oder so vorkomme. Verstehst du?", fragte Brian.

Sharon betrachtete den Teddybären. „Ja. Das verstehe ich tatsächlich."

Brian sah auf das Herz, das zwischen den Tatzen des Teddybären steckte. „Ich liebe dich bärenmäßig? Ist das dein Ernst?" Vielleicht war es gar nicht so toll, Sex zu haben, wie immer getan wurde, dachte er. Wenn dazu solche geschmacklose Geschenke gehörten …

„Halt die Klappe“, raunzte Sharon. „Vergiss, dass du das jemals gesehen hast.“ Sie wandte sich von ihm ab und wollte los.

„Cherski, warte! Die ganze Situation – sie ist völlig untragbar. Ich bringe es kaum fertig, ihn auch nur anzusehen, verstehst du?“, sagte Brian.

„Ist mir klar“, seufzte Sharon.

„Im Grunde geht es um Respekt“, fuhr Brian fort. „Ich habe praktisch Null … weniger als Null … Respekt vor ihm. So einfach ist das. Ich meine, wenn du vor jemandem keinen Respekt hast, was soll das dann? Jemandem Nachhilfe zu geben, den man nicht respektiert … wäre das nicht fast wie ihn auszunutzen?“

Sharon betrachtete den Bären. „Es ist eindeutig falsch. Leute auszunutzen.“

„Also tauscht du mit mir?“, fragte Brian eifrig.

„Nein, das wäre keine Lösung. Du musst ehrlich sein. Du musst ihm sagen, dass es ein Fehler war. Und dass du dich nicht länger verstellen kannst. Und diese Sache, dass du ihn benutzt und so. Und, du weißt schon. Dass du ihn nicht verletzen willst.“ Sie drückte Brian den Teddybären in die Hand und stiefelte davon.

Brian starrte ihr nach. „Das soll ich alles Jordan Catalano sagen? Ich kenne ihn doch kaum!“, rief er.

9

„Also im Grunde habe ich zu wenig Informationen, über die Dinge, in denen du schwach bist. Also sollten wir die Sache wahrscheinlich am besten noch einmal ganz von vorne anfangen. Mit anderen Leuten. Ich meine, wir sollten versuchen, jemanden Passenderen zu finden“, sagte Brian am selben Nachmittag gleich zu Beginn der Nachhilfestunde.

Jordan deutete auf den Teddybären, dessen Kopf aus Brians Büchertasche hervorlugte. „Was ist das denn für'n Bär?“

„Das da?“ Brian zog den doofen Bären aus der Tasche und schleuderte ihn quer durch den Raum. „Das ist nur etwas ... das hat mir so'n Mädchen geschenkt.“

„Oh? Wirklich?“ Jordan grinste.

„Sieh mal. Ich denke, ich sollte dir das sagen“, redete Brian weiter. „Obwohl ich mich als Tutor für dich eingetragen habe...würde ich am liebsten ... aus dem Programm aussteigen oder was auch immer. Weil ich wahrscheinlich nicht genug Zeit habe, weißt du, so viel Zeit, wie für dich nötig wäre ...“

„Entschuldige? Hättest du vielleicht 'nen Radiergummi, den du mir für 'ne Sekunde leihen kannst?“

Brian schaute auf und sah ein süßes Mädchen mit braunem Haar und Brille, das neben seinem Pult stand. “Ah ... ja. Ich glaube schon." Er kramte in seiner Büchertasche und zog einen Plastikradierer hervor.

„Mein Radiergummi ... radiert einfach nicht mehr", erklärte sie.

„Hier. Du kannst ihn behalten", bot Brian ihr an, als er ihr ihn reichte. „Ich habe diese Dinger ... schachtelweise."

„Danke." Sie lächelte ihn an und ging zu ihrem Pult zurück.

„Sie würde mit dir schlafen", sagte Jordan, kaum dass sie gegangen war.

Brian konnte es nicht glauben. „Was?"

„Sie würde mit dir schlafen", wiederholte Jordan.

„Wieso? Weil ich ihr meinen Radiergummi geschenkt habe?", meinte Brian höhnisch.

„Nein, sondern weil ... weil sie es einfach tun würde. Das spüre ich." Er schaute sich im Raum um. „Geh und hol dir ihre Nummer."

„Was? Wie sollte ich denn an ihre Nummer kommen?", flüsterte Brian aufgebracht. „Was, ich soll einfach so fragen, ich soll ein Mädchen, das ich gar nicht kenne, nach ihrer Nummer fragen, einfach so ... ganz ohne Vorwarnung?"

„Vorwarnung? Was soll das denn? Sie braucht keine Vorwarnung. Pass auf." Jordan stand auf und schlenderte zu dem Mädchen. Brian beobachtete, wie die beiden ein paar Worte miteinander wechselten. Dann riss sie ein Stück Papier ab, schrieb etwas darauf und reichte es Jordan. Er kam zu Brian zurück und warf das Stück Papier vor ihn auf den Tisch. Auf den Zettel war eine Telefonnummer gekritzelt.

„Da“, sagte Jordan und ließ sich wieder auf seinem Stuhl nieder. „Also, dann. Sieh mal, die Odyssee ist ein ziemlich dickes Buch, richtig? Und ich kann nicht besonders gut lesen, deshalb ...“

„Ich glaub das einfach nicht“, murmelte Brian, während er den Papierstreifen in seiner Hand und dann Jordan anstarrte.

Brian hätte ihn gerne gehasst. Das hätte er wirklich. Doch stattdessen stellte er fest, dass er Jordans Lächeln erwiderte. „Cool.“

Angela blieb, auf der Suche nach Brian und Jordan, in der Türe stehen. Sie entdeckte die beiden in der Mitte des Klassenzimmers, wo sie an einem Tisch saßen. Sie grinsen ... sich gegenseitig an. Haben sie etwa über mich geredet? „Hi. Ehm ... was ist so komisch?“, fragte sie.

„Nichts“, sagte Jordan mit einem Achselzucken.

„Das hättest du ... miterleben müssen“, fügte Brian hinzu.

Sie grinsten noch immer. Angela funkelte Brian an, um ihn dazu zu bringen aufzuhören. Sein Grinsen verschwand in null Komma nichts.

„Ich muss meinen Bleistift spitzen“, sagte er, während er verlegen aufstand.

Angela ließ sich auf dem Stuhl nieder, den er freigemacht hatte. „Sieh mal, falls diese ganze Tutorengeschichte für dich irgendwie seltsam ist? Dann würde es mir nichts ausmachen, dir auch selbst wieder zu helfen.“

„So übel ist das gar nicht“, sagte Jordan. „Im Grunde.“

„Oh? Oh.“ Angela seufzte. Irgendwie fühlte sie sich im Stich gelassen. Was ist bloß mit mir los? Passt es mir etwa nicht, dass er besser wird? „Also das ist ja prima!“

Jordan beugte sich auf seinem Stuhl nach vorne. „Aber du könntest mit mir schlafen. Wenn du mir helfen willst.“

Angela fing an zu kichern. Das Kichern verwandelte sich in Lachen, als sie aufstand und dabei mit ihrem Rucksack gegen den Tisch stieß. Sie hatte ein Gefühl, als ob jemand ihre Lunge mit einer Feder kitzelte. „Oh, mein Gott …“

„Also. Ist das ein Nein?“, fragte Jordan und grinste sie an.

„Oh, mein Gott. Okay, dann …“ Sie bog sich vor Lachen. „Ich lass euch jetzt weiterarbeiten.“

Angela ging rückwärts zur Tür und sah zu, wie Brian zu seinem Platz zurückkehrte und sich Jordan gegenüber setzte. Sie hatten über sie gesprochen. Und nun, nachdem sie gegangen war, würden sie wieder über sie reden. Sie hatte einen Nachhilfestunde arrangiert, die sich gerade in eine Gerüchteküche verwandelte.

Sollte Mr. Katimski das eigentlich nicht überwachen? Und was soll es überhaupt bringen, wenn ein Schüler einem anderen der gleichen Stufe Nachhilfe gibt?

Rickie betrat das Büro der Schulpsychologin. Ms. Krzyzanowski hatte ihn zu sich gebeten.

„Enrique?“, sagte Mr. Katimski.

„Jemand kam und hat mich aus dem Unterricht geholt. Haben Sie es schon erreicht? Ich meine, dieses Haus?“

„Oh, nein. Ich meine …“, Mr. Katimski schien verlegen.

„Mr. Katimski, ich möchte Ihnen wirklich danken. Dass sie sich so viel Zeit für mich nehmen. Denn dieses Pridehaus, von dem Ms. Crazy-Nowski – oder wie immer sie sonst heißt – gesprochen hat? Hört sich gut an. Und ich wäre nie von selbst darauf gekommen, mich an die Schulpsychologin zu wenden. Also nochmals, danke“, sprudelte Rickie hervor.

„Hör mal, Rickie“, setzte Mr. Katimski an.

„Sie haben mich Rickie genannt.“

„Enrique. Sie haben … also sieh mal, die haben da jetzt eine Warteliste.“

„Oh.“

„Das ist gut, das ist sehr, sehr gut. Nun haben wir nur noch ein Problem … du weißt schon. Die augenblickliche Situation. Was du machst, bis du von der Warteliste bist", sagte Mr. Katimski. “Deshalb hat dich Ms. Krzyzanowski vorübergehend in einer Notunterkunft untergebracht.“

„Oh. Sie meinen … warten Sie mal. Was bedeutet das denn?“, fragte Rickie mit einem unguten Gefühl.

„Es ist ja nicht für immer. Es ist nur …“

„Nein, schon gut. Ich verstehe.“ Rickie wollte gehen.

„Rickie? Sie erwartet dich aber trotzden in ihrem Büro. Da müssen ein paar Formulare ausgefüllt werden“, sagte. Mr. Katimski. „Enrique, ich … ich bin ganz sicher, dass alles gut wird.“

„Ich auch“, sagte Rickie.

Doch er sagte das nur, um Mr. Katimski zu beruhigen, der so nett zu ihm war und versuchte ihm zu helfen.

Rickie selbst glaubte es nicht eine Sekunde lang.

„Mr. Katimski!“ Angela war verblüfft, dass ihr Englischlehrer vor ihrer Haustür stand. War ihr Aufsatz über die Odyssee wirklich so verheerend gewesen?

„Katimski, woher kenne ich diesen Namen bloß …?“, murmelte Mrs. Chase, die ihn anstarrte.

„Mom, er ist mein Englischlehrer“, sagte Angela verlegen.

„Ich suche Enrique Vasquez. Ist er hier?“, fragte Mr. Katimski in kaltem Ton.

„Enrique? Sie meinen Rickie?“

„Was ist mit Rickie passiert?“, fragte Angela.

„Enrique ist also nicht hier?“, sagte Mr. Katimski.

„Nein! Wieso?“, fragte Patty. „Was ist denn los?“

„Er wurde gestern Abend in eine Notunterkunft gebracht. Aber ich habe heute morgen einen Anruf von den Leuten dort bekommen, dass er verschwunden ist … Hören Sie mal, ist Ihnen das nicht klar? Dieser Junge hat unter Ihrem Dach gewohnt. Wie konnten Sie ihn bloß einfach so gehen lassen?“

Angela hatte Mr. Katimski noch nie so aufgebracht erlebt.

„Aber Rickie hat uns erzählt – dass alles wieder in Ordnung wäre“, sagte Angelas Mutter.

„Es ist mir egal, was er Ihnen erzählt hat! Wieso haben Sie ihm geglaubt?“, schrie Mr. Katimski.

Angelas Mutter brach in Tränen aus.

Mr. Katimski trat von einem Bein aufs andere, seine Miene drückte Bedauern aus. „Oh, es tut mir Leid … bit-

te vergeben Sie mir, du meine Güte …"
„Nein." Mrs. Chase schüttelte den Kopf. „Sie haben vollkommen Recht. Wir hätten …"
„Wissen Sie, ich habe zu Neujahr das Kaffeetrinken aufgegeben", sagte Mr. Katimski. „Ich bin sozusagen gerade auf einer Art Entzug. Verzeihen Sie mir, ich hatte kein Recht, Ihnen die Schuld zu geben."

Nein, dachte Angela, während sie das Haus verließ, um nicht zu spät zur Schule zu kommen. Sie sollten uns die Schuld geben. Das war nun das zweite Mal, dass wir Rickie im Haus hatten … und gehen ließen.

„Ich muss ihm die ganze Wahrheit sagen", sagte Sharon, während sie mit Rayanne den Korridor entlangging. „Ich will nicht zu der Sorte Mensch werden, die andere ausnutzen. Zum Schluss werde ich noch so wie du. Soll keine Beleidigung sein."
„Schon gut", sagte Rayanne. Sie schaute Sharon mitfühlend an, dann brüllte sie quer durch die Eingangshalle: „Hey, Kyle! Cherski hat dir was zu sagen."
„Halt die Klappe", sagte Sharon irritiert. Oh, großartig. Jetzt muss ich tatsächlich mit ihm reden.
„Tschüss!", sagte Rayanne fröhlich. Sie grinste und trollte sich den Gang hinunter.

Kyle kam auf Sharon zu und reichte ihr den Teddybären, den sie vor ein paar Tagen Brian in die Hand gedrückt hatte. „Du musst ihn verloren haben, hah? Ich hab ihn auf der Toilette gefunden."
„Oh … danke." Sharon nahm den Bären in Empfang, und gab sich alle Mühe nicht darüber nachzudenken,

wo genau er in der Toilette der Jungs gelegen haben könnte. Sein Fell war jedenfalls eindeutig verfilzt. „Sieh mal, Kyle. Wir müssen reden."

„Hör mal", sagte Kyle ohne ihr zuzuhören. „Ich habe ein Video ausgeliehen. Und ich dachte, ich könnte heute Abend zu dir kommen und wir schauen es uns an."

„Kyle, es gibt da etwas, was ich dir erklären muss", sagte Sharon.

„Es ist dieser Film mit zwei durchgebrannten Hausfrauen, die in einem Cabrio unterwegs sind. Zwei Miezen. Ziemlich alte Miezen, aber trotzdem." Er nickte. „Heiß."

„Kyle, hör doch mal", sagte Sharon.

„Du willst wissen, wer noch mitspielt? Na, klar! Dieser Typ. Auf den du so stehst", erzählte Kyle ihr aufgedreht.

„Brad Pitt?"

„Genau der. Er fährt per Anhalter und die beiden nehmen ihn mit. Und er trägt einen Cowboyhut und hat kein Hemd an. Das nächste, woran ich mich erinnere ist, dass Brad Pitt und eine der alten Miezen gemeinsam in einem billigen Hotelzimmer sind und …" Kyle unterbrach sich. „Weißt du, ich habe dich echt unterbrochen. Ich war ganz hin und weg von dem Film."

Nicht nur du, ich auch, dachte Sharon.

„Also, was wolltest du mir erklären?", fragte Kyle und machte zur Abwechslung ein ernstes Gesicht.

„Nichts. Komm um halb acht zu mir", sagte Sharon.

„Also. Ich habe nachgedacht. Dieses Mädchen, dessen Nummer du mir besorgt hast? Sie ist … ein bisschen sehr jung." Brian legte eine Pause ein und wartete darauf, dass Jordan etwas sagen würde. „Deshalb weiß ich noch immer nicht so recht, ob ich sie anrufen soll." Jordan sah noch nicht auf. Er konzentrierte sich auf sein Buch.

Ich brauche Hilfe! Seit wann liest der denn? Deshalb ist er doch eigentlich hier: weil er nicht lesen kann!

„Es geht mir nicht mehr aus dem Kopf, wie du das gemacht hast. Wie du einfach aufgestanden und ... auf sie zugegangen bist. Ich meine ... wie hast du das gemacht?"

Jordan blickte von seinem Pult auf. „Vielleicht sollten wir besser mal anfangen zu arbeiten."

„Oh. Okay." Das war's doch, wovon ich geredet habe. Oder etwa nicht?

„Mit mir und dem Lesen? Am besten beginnst du mit, na, du weißt schon. Mit den Grundlagen", sagte Jordan.

„In Ordnung", sagte Brian und holte seine Ausgabe der Odyssee hervor.

„Selbst wenn dir die Grundlagen zu einfach vorkommen? Trotzdem ... fang damit an", sagte Jordan. „Und anschließend, wenn du das möchtest? Kann ich dir beibringen, wie man jemandes Telefonnummer bekommt."

Brian nickte. Wenn die Schule unbedingt vorgehen musste ... in Ordnung. Aber nur dieses eine Mal.

„Mr. Katimski?" Rickie stand im strömenden Regen in einer offenen Telefonzelle. Ein wenig zitternd zog er seinen Mantel enger um sich. „Ich bin's, Mr. Katimski – Rickie. Ich meine ... Enrique. Es tut mir Leid, dass ich Sie störe ..."

„Enrique! Du störst mich nicht – sei nicht albern! Bist du

... wo steckst du?", fragte Mr. Katimski. „Wie geht's dir?"

„Mir geht's gut", antwortete Rickie, obwohl das genau das Gegenteil von dem war, was er sich zu sagen vorgenommen hatte. Er brachte es nicht fertig, Mr. Katimski um noch mehr Hilfe zu bitten. „Mir geht's echt gut. Wie geht's Ihnen?", fragte er.

„Enrique, hör mal. Brauchst du einen Platz zum Schlafen?", fragte Mr. Katimski.

Rickie sah einen Hoffnungsschimmer. Hatte Mr. Katimski etwa vor, ihm seine Wohnung anzubieten?

„Weil – ich war heute bei Familie Chase", fuhr Mr. Katimski fort. „Die machen sich Sorgen um dich. Und du könntest dorthin zurückkehren ..."

„Sie waren bei den Chase?", unterbrach ihn Rickie. „Wieso?" Er hasste es, dass ständig über ihn gesprochen wurde, und dass sich alle Sorgen um ihn machten.

„Wieso? Weil ich mir Sorgen um dich gemacht habe. Und ich mache mir auch jetzt noch Sorgen um dich", sagte Mr. Katimski ernst.

„Aber – es ist in Ordnung, mir geht's gut!", meinte Rickie hartnäckig. Wenn es dir gut geht, wieso rufst du dann deinen Englischlehrer an? Spät abends, von einer Telefonzelle aus, bei strömendem Regen? „Sie müssen sich keine Sorgen machen, ich meine, ich habe einen Platz gefunden. Wo ich bleiben kann."

„Wo?", fragte Mr. Kaminski. „Was für einen Platz?"

„Einfach ... so ein Platz", sagte Rickie, die Sache vage haltend. Weil es vage ist. Man nennt es ... die Straße. „Mr. Katimski, in dieser Notunterkunft halte ich es nicht aus." Rickie war der Verzweiflung nahe.

„Ich weiß. Enrique … hör zu …“ Mr. Katimski hörte sich ganz so an, als wollte er etwas Wichtiges sagen.

„Ja?“, fragte Rickie gespannt.

„Aber … nun … ach, nicht so wichtig“, sagte Mr. Katimski und fegte beiseite, was auch immer für eine Idee er gehabt hatte. „Darüber können wir uns morgen unterhalten.“

Rickie seufzte enttäuscht. „Oh.“

„Du hast also einen sicheren Platz für die Nacht?“, fragte Mr. Katimski.

„Ja“, erklärte Rickie ihm.

„Okay, pass auf dich auf!“ Es gab ein Klicken in der Leitung und Mr. Katimski war verschwunden.

Rickie starrte den Regentropfen nach, die über die Glasscheibe hinabliefen. Was nun?

Rickie stand auf dem Hausflur vor dem Apartment. Er streckte die Hand aus und zeichnete mit dem Finger die metallene Nummer 3 an der Tür nach. Noch nie in seinem ganzen Leben war er nervöser gewesen. Oder verzweifelter.

Er klopfte an die Tür. Zweimal laut. Dann wartete er.

Die Tür ging auf und da stand Mr. Katimski in einem flauschigen braunen Pullover.

„Enrique?“

„Ihre Adresse stand im Telefonbuch. Es tut mir leid“, sagte Rickie erstickt, während er sich die größte Mühe gab, die Tränen zurückzuhalten. „Es ist so schrecklich allein zu sein.“

Mr. Katimski nahm Rickie in den Arm und drückte ihn.

Er klopfte ihm auf den Rücken, während Rickie weinte.

Dann führte er ihn in das warme Apartment, stellte ihm seinen Mitbewohner vor und machte die Tür zu.

10

Angela schreckte aus dem Schlaf hoch und fühlte sich atemlos. Eine Sekunde lang starrte sie zur Decke, während sie versuchte sich darüber klar zu werden, was für ein Tag es war und aus welchem Grund sie sich so ausgezeichnet fühlte. Da fiel es ihr wieder ein. Genau genommen gab es zwei Gründe dafür. Der erste: sie hatte gerade einen erotischen Traum gehabt. Der zweite: Jordan Catalano war darin nicht vorgekommen. Überhaupt nicht. Nicht einmal als der Handtuchboy, der Corey in der Turnhalle ein Handtuch gereicht hatte. Ein Handtuch, das aus Cräckern bestand.

Ich habe Jordan Catalano so sehr geliebt und so viel über ihn geredet und so viel über ihn nachgedacht, dass es mir schon so vorkam, als würde er in mir leben. Eine Zeitlang hatte er Besitz von meiner Seele ergriffen. Angela lächelte. Aber nun bin ich über ihn hinweg.

Sie warf die Decke beiseite und sprang aus dem Bett. Sie war nicht mehr besessen – von niemandem! Sie war wieder sie selbst. Sie schaltete das Radio an. Sie begann, zu einem ihrer Lieblingssongs der Gruppe Violent Femmes durchs Zimmer zu tanzen, während die Musik laut aus dem Kofferradio auf der Kommode dröhnte.

Als sie fünfzehn Minuten später drei dicke Scheiben French Toast zum Frühstück verputzt hatte, starrten ihre Eltern sie so sprachlos an, als hätte sie über Nacht ihre

Haare wieder gefärbt. Was hätte sie zur Erklärung schon sagen können?

Ich fühle mich, als wäre Jordan Catalano operativ aus meinen Herzen entfernt worden. Und nun bin ich frei.

„Wow. Abyssinia Churchill nimmt am Vorsprechen teil?", fragte Angela. Sie, Rayanne und Rickie standen hinten in der Aula und sahen sich das Vorsprechen zu „Unsere kleine Stadt" an. Rayanne wünschte sich die Hauptrolle, den Part der Emily, und sie hatte die halbe Nacht bei Angela zu Hause dafür geprobt. Angela war froh, dass sie wieder mehr gemeinsam unternahmen, nun, da sie und Jordan Schnee von gestern war und sie wieder mehr Zeit für ihre Freunde hatte. Angela hatte ein schrecklich schlechtes Gewissen gehabt, weil sie Rayanne so vernachlässigt hatte.

„Sie ist gut", fand Rickie, während er Abyssinia auf der Bühne beobachtete.

„Ja, sie ist echt gut. Schöner Mist." Rayanne wandte sich zum Gehen.

Angela packte sie am Arm. „Und wenn schon? Lass dich doch davon nicht irre machen – du bist genauso gut."

Rayanne schüttelte den Kopf. „Ich kann kaum glauben, dass ich mich von dir habe überreden lassen, am Vorsprechen für dieses blöde Stück teilzunehmen. Unsere kleine Stadt. Was ist das überhaupt? Wo liegt diese Stadt?"

„Rayanne, hör auf damit. Du hast das auch drauf. Du

musst es nur genauso machen, wie gestern Abend bei mir zu Hause!", drängte Angela sie. Sie wandte sich an Rickie. „Du hättest sie sehen sollen. Sie, wie soll ich sagen … wurde Emily."

Rayanne lächelte. „Ich wurde du. Emily ist süß und unschuldig."

„Und?", maulte Angela.

„Deshalb habe einfach nur dich imitiert", sagte Rayanne.

„Eine Sekunde mal, Rayanne – hör doch. Ich glaube, du bist als Nächste dran", sagte Rickie.

„Hältst du mich wirklich für süß und unschuldig?", fragte Angela. Aus irgendeinem Grund ging ihr das wirklich gegen den Strich. Aber ihr wollte einfach keine bessere Erwiderung einfallen. Sie war weder das eine noch das andere – konnte Rayanne das nicht verstehen?

„Du findest also wirklich, dass ich gestern Abend gut war?", fragte Rayanne und wickelte eine Haarsträhne um ihren Finger.

„Wenn du wüsstest, was ich heute Nacht von Corey Helfrick geträumt habe, würdest du mich ganz bestimmt nicht für süß und unschuldig halten", sagte Angela.

„Du hast von Corey geträumt?", fragte Rayanne. „Einen … erotischen Traum?"

„Willkommen im Club", murmelte Rickie.

„Jedenfalls hat der Traum nicht nur bewiesen, dass ich nicht süß und unschuldig bin. Er hat auch bewiesen, dass ich völlig über Jordan weg bin." Angela lächelte.

„Ja, ja, ja." Rayanne hievte ihren Fuß auf die Armlehne eines Sessels und band die Schnürsenkel ihres Turnschuhs zu. „Das haben wir alle schon mal gehört."

„Nun, diesmal stimmt es wirklich. Erstens war er – technisch gesehen – gerade mal eine Minute lang mein fester Freund. Und zweitens glaube ich, dass wir einfach nicht zusammenpassen. Als gute Freunde, vielleicht. Aber das ist auch schon alles. Es ist vorbei und ich bin so erleichtert, dass ich mein Leben wiederhabe." Sie stieß einen langen Seufzer aus und registrierte, dass Rayanne und Rickie sie anstarrten, als hätte sie ihren Verstand verloren.

„Rayanne Graff?", rief Mr. Katimski in den Zuschauerraum.

Rayanne begann hin und her zu laufen. „Oh, mein Gott."

„Rayanne, sieh's doch mal so", sagte Angela. „Schauspielern ist so ähnlich wie Lügen, richtig? Und wer lügt besser als du?" Sie sagte das nicht gerne, aber es war wahr.

Rayanne starrte sie eine Sekunde lang an. „Wenn du von etwas ergriffen bist, dann machst du diese Geste, du streichst dein Haar aus dem Gesicht. Und dann stehst du ein wenig aus dem Gleichgewicht geraten da, so etwa."

„Rayanne Graff?", sagte Mr. Katimski noch einmal, er klang ärgerlich.

Angela schob sie in Richtung Bühne. „Hör auf mich nachzumachen und sieh zu, dass du da raufkommst!" Sie sah zu, wie Rayanne etwas unsicher den Mittelgang entlang zur Bühne ging, wo Mr. Katimski auf sie wartete. „Sie ist wirklich gut, weißt du", sagte Angela.

Brian richtete das Objektiv seiner Videokamera auf Delias Gesicht. Sie war ja so süß. Wieso hatte er sich dieses eine Mal, als er mit ihr hätte ausgehen können, bloß für Angela entschieden? Du bist so herzlos, hatte Angela zu ihm gesagt, als sie herausfand, dass er eine Verabredung mit Delia hatte sausen lassen, um stattdessen mit ihr tanzen zu gehen. Ich und herzlos. Immerhin kenne ich Angela Chase und habe nur Augen für sie schon seit, naja ... dem Anbeginn der Zeit.

„Okay. Das Layout gefällt mir, nur der Name von Rektor Foster muss größer gesetzt werden als der des Konrektors, sonst gibt's mächtig Stunk", erklärte Sharon Cherski Delia. „Und was ist das denn?"

„Fotos der Schulclubs", antwortete Delia.

„Ehm, hör mal. Wegen ...", begann Brian, doch niemand beachtete ihn.

„Okay. Wir haben nicht genug Platz, um alle Clubs zu zeigen. Lass all die Clubs weg, die weniger als fünf Mitglieder haben", wies Sharon Delia an.

„Ehm. Hallo ...", setzte Brian erneut an.

„Sharon? In keinem der Clubs sind mehr als fünf Leute", sagte Delia.

„Im Schachclub sind sechs!", warf Brian ein.

Nun endlich drehten sich Sharon und Delia zu ihm um und sahen ihn an. Brian nahm die Videokamera vom Auge und stellte sie auf den Tisch. „Ich meine, manchmal." Er lächelte nervös.

Delia blickte ihn an, als wäre er die niedrigste Lebensform auf der Erde. Dann wandte sie sich wieder Sharon zu. „Ich bringe das mit Rektor Fosters Name in Ordnung." Sie war fest entschlossen.

„Du bist die Beste", sagte Sharon mit einem Lächeln. „Oh, hast du die Quittung – für den Film? Ich muss sicherstellen, dass wir unser Budget noch nicht überschritten haben."

„Klar." Delia reichte ihr einen Papierstreifen und ging dann in den angrenzenden Raum.

Brian folgte Sharon, während sie im Büro umherging. „Wegen des Budgets. Für das Video?"

„Sieh mal, Krakow. Foster wollte eigentlich gar kein Jahresvideo. Ich musste praktisch darum betteln, die Erlaubnis dafür zu bekommen. Also mach keine große Sache draus", sagte Sharon.

„Keine große Sache? Was … stellst du dir denn vor?", fragte Brian.

„Ach. Mach ein paar nette Aufnahmen von Leuten, die irgendwo herumhängen", sagte Sharon.

„Okay. Klar. Also …" Brian biss sich auf die Lippe. „Wo hängen die Leute denn herum?"

„Du bist so ein Versager. Ich mache dir eine Liste, okay?", sagte Sharon. „So, und wo kommen jetzt all diese Quittungen hin …"

Brian funkelte sie an. „Nur weil jemand eine ernsthafte akademische Karriere anstrebt und nur weil ihm die Infinitesimalrechnung wichtiger ist als herumzuhängen – macht ihn das noch lange nicht zum Versager."

„Klar, Krakow. Hast du schon mal was von einem Laden namens ‚Louie's' gehört? Das ist eine Kneipe mit Billardtischen. Geh dahin. Und verschwinde aus meinem Büro", sagte Sharon.

Angela holte sich einen Pullover aus dem obersten Fach ihres Schrankes.

„Ich wette, deine Freundin Abyssinia bekommt die Rolle. Du musst ja so stolz auf sie sein“, sagte Rayanne.

„Ach, halt doch die Klappe! Ich kenne sie kaum. Sie hat mir mal in Geometrie geholfen, okay? Ich bin stolz auf dich. Du warst toll beim Vorsprechen …“

„Ich habe nicht richtig geweint“, unterbrach Rayanne sie und schüttelte den Kopf. „Ich hätte mehr so weinen sollen, wie du immer weinst. Zuerst schniefst du immer ein bisschen, dann fällt dein Mund auf einer Seite zusammen, ungefähr so.“ Rayanne schniefte und verzog den Mund.

Rickie kam des Weges und sah sie einen Augenblick lang aufmerksam an. „Wieso weinst du wie Angela?“

Angela lachte. „Jetzt hört aber auf! So weine ich nicht.“

Plötzlich unterbrach Rayanne ihr Schluchzen und packte Angela am Arm. „Corey Helfrick. Um zwölf Uhr.“

„Was?“, fragte Angela.

„Wo?“, wollte Rickie wissen.

„Na klar, Rayanne. Und er hat wahrscheinlich ein Handtuch um, stimmt's?“, witzelte Angela. Sie hatte Rayanne ein paar Minuten zuvor ihren Traum erzählt. „Weißt du Rickie, in meinem Traum trug er nur ein verrücktes Handtuch um die Hüften, das ganz aus Cräckern bestand, und es fing an zu zerbröckeln …“

„Angela …“, sagte Rickie in warnendem Ton.

Sie hörte, wie jemand hinter sie trat und drehte sich um.

„Hi“, sagte Corey. Corey hatte kurzes braunes Haar und

trug ein graues Jackett über T-Shirt und Jeans.

Warum müssen sich die Leute ständig an mich anschleichen? „Hi", sagte sie nervös.

„Hübsch geweint", sagte Corey zu Rayanne. „Bei deinem Vorsprechen, meine ich."

„Oh, du hast es gesehen? Bist du in der Theatergruppe?", fragte Angela.

„Er malt die Kulissen", sagte Rickie im Brustton der Überzeugung. Er warf Corey einen beklommenen Blick zu. „Ich meine ... das stimmt doch, oder?"

Corey nickte.

„Also, Corey. Vergiss mal die Malerei", sagte Rayanne kichernd. „Wir haben hier gerade eine Diskussion – vielleicht kannst du uns helfen. Wenn du Suppe isst ... was für eine Sorte Cräcker futterst du dazu?"

„Hör auf damit!" Angela tat so, als ob sie Rayanne einen Stoß versetzte. Kann es etwas noch Peinlicheres geben, als eine Person zu treffen, von der du gerade geträumt hast ... vor deinem Schließfach, am helllichten Tag?

„Rickie? Ich muss mit dir reden." Rayanne zog ihn beiseite und begann vor dem Fenster sofort ein Gespräch unter vier Augen mit ihm.

Angela schaute Corey an und kam sich irgendwie seltsam vor. Da entdeckte sie, über ihre Schulter hinweg, Jordans schlaksige Gestalt, die auf sie zukam. „Also, ehm, Corey. Wie wird die Kulisse zu ‚Unsere kleine Stadt' aussehen?", fragte sie ihn beflissen.

Corey schien überrascht. „Willst du das echt wissen?"

„Aber natürlich." Angela überzeugte sich unauffällig

davon, dass Jordan bereits in Hörweite war. Er sah sie direkt an. „Ich meine, wird es eine eher realistische Kulisse oder …"

„Sie wird ziemlich stilisiert werden", sagte Corey. „Weißt du, als das Stück das erste Mal aufgeführt wurde …" Corey setzte zu einer längeren Erklärung über die Geschichte des Stückes an.

Kein Vergleich zu meinem Traum, dachte Angela. Sie konnte sehen, dass Jordan sie beide aufmerksam beobachtete, obwohl er so unbefangen wie nur möglich vor sich hin lächelte. Ich mag Corey. Sehr, sogar. Und ich stehe hier nicht nur mit ihm herum, weil Jordan in der Nähe ist. Ich meine, ich habe von Corey geträumt, also fühle ich mich offensichtlich von ihm angezogen. Und möchte alles, was er sagt, in mich aufsaugen. Und das nicht nur, weil Jordan uns beobachtet.

„Wie auch immer, ich wusste gar nicht, dass du dich für Kunst interessierst", meinte Corey.

„Ich habe nicht allzu viel Ahnung davon, aber ich interessiere mich dafür, keine Frage. Und ich würde dir gerne helfen. Echt!", sagte Angela laut, als Jordan an ihr vorbeiging und kam sich dabei wie eine Comicfigur mit einer fettgedruckten Sprechblase über dem Kopf vor. HEY, DU! HILFE! SIEH MICH AN! KOMM SCHON! „Das würde ich wirklich gerne, Corey, das hört sich toll an!", sagte sie und hoffte, Jordan würde denken, dass sie von einer Verabredung sprachen.

„Du würdest gerne … was?" Corey wirkte ein bisschen durcheinander.

„Oh, ah." Jordan war verschwunden und nun konnte

sie wieder richtig reden. „Dir irgendwann mit den Kulissen helfen", sagte Angela, den Mund zu einem unnatürlich breiten Grinsen verzogen.

„Okay, gut, dann sag ich dir Bescheid, wenn ich Hilfe brauche", sagte Corey mit einem Achselzucken.

„Prima!" Angela winkte Corey zu und eilte den Gang entlang davon zur ihrer nächsten Stunde. Irgendwie ist es schon seltsam, dass ich wieder in alle Kurse gehe – und mich nicht mit Jordan zum Knutschen im Heizungskeller treffe.

„Hey, Krakow. Hör auf, dieses Ding auf mich zu richten!", sagte Rayanne.

„Sie ist völlig von der Rolle. Weißt du, sie hat für ‚Unsere kleine Stadt' vorgesprochen und nun denkt sie …"

„Du musst das nicht in die ganze Welt hinausposaunen! Es ist sowieso nur ein blödes Theaterstück." Rayanne drehte sich um und blickte direkt in die Kamera. „Tote Menschen kommen zu Besuch zurück. Klar, so was passiert im richtigen Leben."

„Ah … entschuldige uns mal", sagte Rickie und schob sie aus dem Bild. Als sie sich von Brian entfernten, entdeckte Rayanne in einer Ecke Jordan, der ein Bier trank, das er in die Kneipe geschmuggelt hatte. Das sieht mir ganz … nach einer guten Idee aus. Rayanne zog ihren Flachmann aus der Manteltasche und schraubte den Deckel ab.

Rickie schaute sie an, als wäre sie wirklich von den Toten zurück auf Besuch gekommen. „Hör mal, ich werde nicht hier herumhängen und dir dabei zusehen, wie du dich betrinkst", sagte er. Er schien sauer.

„Ach, komm schon. Ich bin in der letzten Zeit so brav gewesen. Und das weißt du auch!", protestierte Rayanne.

„Darum geht es nicht", sagte Rickie.

Rayanne grinste ihn an und nahm einen Schluck Wodka aus ihrer Flasche. Und dann noch einen.

Rickie schüttelte den Kopf und sah stinksauer aus. „Hör mal, Rayanne – ach, vergiss es!" Er stiefelte davon und ließ sie in der überfüllten Kneipe alleine stehen. Eigentlich lag es nicht in Rayannes Absicht, ihn sauer zu machen, aber was konnte sie nach so einem vermasselten Vorsprechen denn sonst schon tun? Zu Hause herumsitzen und sticken?

Rayanne sah zu, wie Rickie zur Tür hinausging. Kaum war er gegangen, kam Jordan auf sie zugeschlendert.

„Hey." Ein paar Sekunden lang blieb Jordan einfach stehen. „Krieg ich 'nen Schluck?"

Rayanne überlegte. „Sicher. Warum nicht?" Sie reichte ihm den Flachmann. Dann starrte sie auf die Bierflasche in seiner Hand. Was krieg ich dafür? Wenn ich ihm etwas abgebe, dann ...

„Hast du noch mehr davon, Catalano?" Sie deutete auf die Bierflasche.

„Klar. Draußen." Jordan winkte ihr, ihm zu folgen.

„Cool." Hier drinnen wird's mir sowieso zu eng, dachte Rayanne, als sie an Brian Krakow vorbeiging.

„Hier, bevor ich es noch ganz austrinke ..." Jordan wollte Rayanne den Flachmann zurückgeben. Sie standen schon seit einer halben Stunde draußen, tranken nur und schauten in den Himmel.

Nun, Jordan hatte zum Himmel hoch gestarrt. Und während er hinaufschaute, hatte er genauso lässig an seinem Wagen gelehnt, wie immer. Rayanne war völlig von dem Gedanken an „Unsere kleine Stadt“ beherrscht und fragte sich, ob sie eine Chance hatte, die Rolle zu bekommen. Wahrscheinlich nicht.

„Macht nichts. Trink so viel du willst.“ Rayanne mühte sich damit ab, den „Louie's“-Schriftzug scharf zu sehen. Die blauen Neonbuchstaben flossen ineinander. „Ich bin betrunken“, sagte sie laut.

„Ich auch. Aber noch nicht genug.“ Jordan schüttelte eine Zigarette aus der Packung und zündete sie an. „Nun, Graff. Mit wem bist du hier?“

„Falls du damit meinst ... wo ist Angela? Sie ist nicht gekommen“, sagte Rayanne, ein wenig lallend. „Wie üblich.“

„Oh. Dann will mich dich mal was fragen“, sagte Jordan.

„Es war nicht meine Idee, weißt du. Zum Vorsprechen für dieses blöde Stück zu gehen. Das war Angelas Idee.“ Rayanne schüttelte den Kopf. Sie musste ständig an dieses doofe Vorsprechen denken. „Klar. Als ob ich jemals Emily sein könnte.“

„Emily wer?“, fragte Jordan.

„Das ist so eine Rolle. In diesem ‚Unsere kleine Stadt‘-Stück. Aber das war reines Wunschdenken. Ich könnte nie sie sein.“ Sie hielt inne. „Angela könnte sie sein.“

„Ach ... ja?“ Jordan klang interessiert.

„Sie ist genau wie Angela. Verstehst du, sie ist so unschuldig, dass sie, naja … noch nicht einmal weiß, dass sie unschuldig ist?"

„Ja", pflichtete Jordan ihr bei.

„Und sie sagt auch immer so Sachen wie Emily. Wie: ist das Mondlicht nicht … schrecklich?" Rayanne zitierte eine Zeile vom Vorsprechen.

„Ja, sie redet immer so unschuldiges Zeug", pflichtete Jordan ihr bei.

„Nein, ich meinte Emily … was soll's." Rayanne beschloss, sich nicht auf lange Erklärungen einzulassen. Sie war sowieso zu betrunken, um klar denken zu können.

„Sag mal. Steht sie eigentlich auf diesen Typen?", fragte Jordan. „Mit dem ich sie ständig reden sehe? Corey, so heißt er doch, oder?"

Rayanne sah Jordan an. Er war tatsächlich eifersüchtig. Sie konnte es kaum glauben. Sie hatte noch nie jemanden erlebt, der eifersüchtig wurde, zumindest nicht wegen ihr. „Nun … ich weiß nicht", sagte sie. „Schwer zu sagen."

„Manchmal ist es so … dann denke ich wirklich, ich kenne sie. Und dann kommt es mir wieder so vor … als wären wir … uns völlig fremd", sagte Jordan. Es hörte sich fast so an, als litte er darunter.

„Ich weiß", sagte Rayanne. Ich hab es selbst erlebt. Und erlebe es noch immer. Irgendwie tat ihr Jordan Leid. Er klang, als wäre er echt verliebt in sie oder so. Und es schien nichts daraus zu werden. „Hey, Catalano." Sie streckte die Hand aus und klopfte ihm auf die Schulter.

Er wandte sich ihr zu. „Hi.“

„Hey“, sagte sie sanft. Dann trat ein langes Schweigen ein und die beiden musterten sich gegenseitig eingehend, so als würden sie sich zum ersten Mal überhaupt wahrnehmen. Rayanne wusste nicht so recht, was eigentlich vor sich ging. Doch plötzlich berührte Jordan ihre Wange, als ob er sie küssen wollte.

Und irgendwie, auf eine echt verrückte Weise … machte das beinahe Sinn.

Als der Abend zu Ende ging, verließ Brian das „Louie's“. Großartig. Ich habe den ganzen Abend damit verplempert, mich mit … Billardhaien zu unterhalten. Und dabei habe ich kein einziges Bild fürs Jahrbuch.

Da entdeckte er Rayanne und Jordan, die an seinem Wagen lehnten und sich unterhielten. Endlich – etwas Anständiges. Er richtete seine Kamera auf sie, aber so, dass die beiden ihn nicht bemerkten. Er sah, wie Rayanne aus einer Flasche trank. Typisch, dachte er. Sie sollte ins Jahrbuch kommen – unter der Rubrik „Immer bereit sich zu betrinken“.

Und dann, ganz plötzlich, fingen Jordan und Rayanne an, sich zu küssen. Doch das war nicht nur ein Küsschen zwischen Freunden. Sie legten sich richtig ins Zeug.

Moment mal – und was ist mit Angela? Ich dachte, er und Angela … Ich dachte sie und Angela wären Busenfreundinnen.

Doch die beiden hörten nicht auf damit. Bevor Brian zu filmen aufhören konnte stellte er fest, dass er Jordan und Rayanne auf Video bannte ... wie sie in seinen Wagen stiegen. Immer noch heftig am Knutschen und Fummeln.

Ich glaube nicht, dass ich diese Aufnahmen fürs Jahrbuch verwenden kann. Genau genommen wäre es mir lieber, ich hätte das alles nie gesehen, dachte Brian. Das Ganze war ihm gründlich zuwider. Er hatte immer gewusst, dass Rayanne und Jordan Angela nicht verdienten. Und jetzt ... wie sollte er ihr beibringen, dass er Recht damit hatte?

11

Angela stand vor ihrem Schließfach und leerte ihren Rucksack aus, als Brian mit der Kamera um den Hals den Gang entlang kam.

Als er sie sah, schaute er, ohne sie zur Kenntnis zu nehmen, zur Seite – fast so, als hätte er Angst vor ihr. Er ging, ohne etwas zu sagen, an ihr vorbei.

Er muss die Grippe oder so haben, dachte Angela. Das letzte Mal, dass Brian Krakow sie auf dem Korridor ignoriert hatte, war direkt nachdem sie in der ersten Klasse ihre Impfung gegen die Masern bekommen hatten und kurz bevor er in Ohnmacht gefallen und auf dem Linoleum gelandet war.

Sie schloss ihr Schließfach und wollte gerade zum Hauswirtschaftsraum los, als sie Rayanne entdeckte, die am anderen Ende des Ganges ging. „Rayanne!“, rief sie. „Hast du die Rolle schon bekommen?“

Rayanne bog um die Ecke und verschwand, ohne zu antworten. Angela blieb verdattert auf der Stelle stehen. Wieso will heute Morgen niemand mit mir reden?

Und dann beschlich sie wieder dieses sonderbare Gefühl. Dasselbe Gefühl, das sie gehabt hatte, als ihr Großvater schwer krank war, ihre Eltern ihr aber nichts davon sagten, und als es diese seltsamen Unterhaltungen gegeben hatte – spät in der Nacht – die ihr gegenüber nie erwähnt wurden. Es war dasselbe Gefühl, das sie gepackt hatte, als sie aus diesem Club, dem Let's Bolt, nach Hause kam und ihren Vater im Gespräch mit dieser Frau ertappte. Es war, als ob … um sie herum schreckliche Dinge vorgingen, mit denen sie nicht direkt zu tun hatte. Die sie aber dennoch betrafen. Sie drehte sich um, um die Treppe hinaufzusteigen und prallte beinahe gegen Corey. „Oh … Verzeihung!", sagte er. „Hi."

„Hi", sagte Angela und lachte nervös. „Entschuldige."

„Eigentlich ist es gut, dass wir zusammengestoßen sind. Es gibt da etwas, was ich dir sagen muss", begann Corey. Er zögerte.

„Was?" Angela hatte das Gefühl, Corey jeden Moment am Kragen packen und schütteln zu müssen. Nun sag's mir schon! Was ist das große Geheimnis?

„Hi!", sagte Rickie, der hinter Angela auftauchte.

„Hi. Also, was wolltest du mir gerade erzählen?", sagte Angela zu Corey.

„Oh!" Corey holte tief Luft.

Jetzt kommt's, dachte Angela.

„Nur, dass wir heute nach der Schule die Eiche malen. Wir könnten noch ein paar Leute zum Helfen brauchen, falls du nicht zu viel um die Ohren hast."

„Das hört sich toll an!", sagte Rickie voller Begeisterung. „Ich meine, ich glaube, ich habe ein bisschen Zeit übrig. Du nicht?"

Angela zuckte die Achseln. „Doch, irgendwie schon. Lass uns mitmachen." So viel zur großen Überraschung. Heute benahmen sich wohl alle ein bisschen verrückt, doch ganz offensichtlich hatte das nichts mit ihr zu tun.

UNSERE KLEINE STADT
DIE BESETZUNG FOLGENDER ROLLEN
WIRD AM MITTWOCH BEKANNT GEGEBEN.

Rayanne fuhr mit dem Finger die Liste der Rollen entlang und wünschte sich, dass ihr Name auftauchte. Diese Woche musste irgendetwas Gutes passieren. Etwas, das sie nicht vermasseln konnte.

„Also – wann sagen sie es dir?", fragte Jordan, der zu ihr herüber kam.

„Ob du die Rolle hast oder nicht?"

„Oh. Ich weiß nicht", sagte Rayanne, die tunlichst Abstand zu Jordan hielt. Warum konnte er sie nicht einfach ignorieren, wie das die anderen Jungs am Tag danach taten? Musste er hier herumstehen und mit ihr reden? Das machte ihr schlechtes Gewissen nur noch schlimmer. „Das werden wir bald herausfinden. Aber mir ist das ziemlich schnuppe", erklärte Rayanne. „Ich habe böse Kopfschmerzen. Ich war gestern Nacht ... echt weggetreten."

„Ja. Ich auch", sagte Jordan.

„Ich schätze, das waren wir beide", sagte Rayanne. Das müssen wir wohl ... dass wir so etwas tun konnten. Was wir Angela angetan haben. Da läutete zum Glück die Glocke zu ersten Stunde. „Okay, tja, man sieht sich", sagte Rayanne und nahm Reißaus.

„Ja. Bis irgendwann." Jordan eilte ebenfalls davon.

So viel dazu, dachte Rayanne.

„Krakow!", rief Sharon.

Brian ging den Korridor entlang. Draußen vor dem

Jahrbuchbüro hielt er an. Drinnen standen Sharon und Delia und blickten erwartungsvoll zu ihm hinaus.

„Also? Wie ist es gestern Abend gelaufen?", fragte Sharon.

Brian trat ins Büro. Er wusste nicht so recht, was er sagen sollte. Es lief ... das werdet ihr mir nie im Leben glauben.

„Krakow. Hast du etwas aufs Band bekommen?", fragte Sharon.

„Wieso? Hast du etwas gehört?", fragte Brian zurück.

„Was? Nichts!" Sie guckte ihn an, als hätte er den Verstand verloren. „Alles was ich von dir wissen will ist, ob du ins ‚Louie's' gegangen bist, wie ich es dir empfohlen habe."

„Ja. Da war ich." Brian warf Delia einen Blick zu in der Hoffnung, das Thema wechseln zu können. Und dass sie ihn nicht wieder abblitzen lassen würde. „Hi", sagte er.

„Hi", antwortete Delia.

„Krakow. Also hast du nun ein paar gute Schnappschüsse bekommen oder was?", fragte Sharon.

„Ehm ... ja. Das hab ich", erklärte ihr Brian.

„Großartig! Dann gib mir das Band", sagte Sharon.

Nein – das kann ich nicht tun! Brian geriet in Panik. „W-was?"

„Das Videoband. Gib es mir!", sagte Sharon.

„Das ...kann ich nicht!", widersprach Brian. „Ich meine ..."

„Gibt es ein Problem?", fragte Delia.

„Genau." Brian hätte sie am liebsten geküsst. Noch lieber als sonst. Sie war seine Rettung in der Not. „Genau das ist es. Es gibt ein Problem.“ In das Jordan und Rayanne verwickelt sind. Und Angela.

„Brian, hör mal! Das ist nicht witzig. Ich brauche dieses Band. Wo liegt das Problem?“, wollte Sharon wissen.

Brian zögerte. Aus dieser Sache würde er sich nicht herauswinden können, das war ihm irgendwie klar. Das Einzige, was er tun konnte war, die peinliche Geschichte so vertraulich wie möglich zu behandeln. „Könntest du uns, ehm, einen Moment entschuldigen?“, fragte er Delia.

„Ich konnte es nicht glauben.“ Sharon hörte auf sich das Haar zu bürsten und wandte sich zu Delia um. „Als er es mir erzählt hat. Ich meine, kannst du das glauben?“

„Naja …“

„Ich meine, was soll ich jetzt tun? Soll ich es ihr sagen?“

„Naja …“

„Ich kann es ihr nicht sagen. Irgendwie steht es mir nicht zu, es ihr zu sagen“, sagte Sharon. „Stimmt's?“

„Naja …“

„Aber wenn ich es ihr nicht sage, verhalte ich mich dann wie eine Freundin? Verhalte ich mich eher wie eine Freundin, wenn ich es ihr sage, oder wenn ich es ihr nicht sage?“, fragte Sharon.

„Naja …“

„Sieh mal, okay, ich denke, ich kann es ihr nicht sagen. Denn wenn ich es ihr sage? Dann wäre das fast so …“ Sharon unterbrach sich, um ein paar Mädchen vorbeigehen zu lassen. „Dann sieht es so aus, als würde ich sagen, hör mal, Angela, ich hab's dir doch gleich gesagt.

Das ist Rayanne Graff. Aber das wäre nicht der Grund, warum ich es ihr sagen würde. Wenn ich es ihr sagen würde." Sharon zögerte. „Oder etwa nicht?"

„Nein." Delia hielt inne, beinahe so als wäre sie verblüfft darüber, dass sie noch nicht unterbrochen worden war. „Würdest du ihr es nicht erzählen, weil ..."

„Sieh mal, ich würde wollen, dass es mir jemand sagte. Ich meine, würdest du nicht wollen, dass du so etwas gesagt bekommst?"

„Naja ..."

„Warum musste Krakow das aber auch beobachten?", flüsterte Sharon. „Und wenn Rayanne Graff schon so etwas absolut bodenlos Niederträchtiges anstellen muss? Hätte sie es dann nicht wenigstens im Geheimen tun können – und nicht im Jahrbuchvideo?"

Die Tür einer der Toiletten ging auf und Angela kam heraus. Sharon starrte sie an. Ich schätze, die Entscheidung ist mir bereits abgenommen worden, dachte sie. Nun muss ich es ihr sagen – auf der Stelle – weil sie es sowieso schon zur Hälfte gehört hat und es jetzt kein Zurück mehr gibt.

„Hey, Rickie." Brian hatte sich auf dem Flur in der Nähe von Rickies Schrankfach herumgetrieben in der Hoffnung, ihn dort zu treffen. Klar, wenn man jemandes Schließfach praktisch überwachte, hatte man gute Aussichten dem Betreffenden über den Weg zu laufen.

„Oh. Hi", sagte Rickie beiläufig.

„Ist, ehm, Rayanne ... hat sie?" Brian wusste nicht recht, wie er es ausdrücken sollte. Weiß Angela, dass sie nach

Strich und Faden betrogen wurde? Aber das klang so melodramatisch, auch wenn es wahr war. „Ich meine, ist Rayanne vielleicht … Ist Angela denn … Sieh mal, die Sache ist die …“, stotterte er.

„Brian? Könntest du dich vielleicht für einen Satz entscheiden und dann damit weitermachen?“, fragte Rickie in gereiztem Ton.

„Ich muss mit dir reden“, sagte Brian. „Ich meine …“ Ihm war richtig übel. „Ich muss mit jemandem reden. Und du bist, naja … der Einzige, der noch bleibt.“

Während er sein Schließfach öffnete, sah Rickie Brian beklommen an. So als ob er gar nicht wissen wollte, was Brian ihm zu sagen hatte.

Das kann ich verstehen, dachte Brian, weil ich es eigentlich auch gar nicht sagen will.

„Rickie, du glaubst nicht was …“ Angela unterbrach sich mitten im Satz, als Corey ihr einen Pinsel reichte. Sie waren alle lange nach Unterrichtsschluss noch in der Schule und arbeiteten an den Theaterkulissen.

„Mach ihn bitte sauber, bevor du ihn in eine andere Farbe tauchst, okay?“, wies Corey sie an.

„Das tu ich!“ Angela grinste ihn an. Sie war etwas aus der Fassung und hatte das Gefühl, entweder gleich in Tränen auszubrechen oder hysterisch loszulachen, je nachdem was Rickie sagen würde. „Also, du wirst nicht glauben, was mir Sharon gerade erzählt hat“, flüsterte sie ihm zu.

Ohne sie anzusehen fuhr Rickie fort, den Baumstamm braun anzustreichen. „Was?“, fragte er.

Angela lachte. „Oh, das ist total daneben. Dass Rayanne es angeblich getrieben hätte. Mit Jordan. Und dass Brian das Ganze gefilmt und jetzt auf Video hat." Kopfschüttelnd tauchte sie ihren Pinsel in die braune Farbe. „Ich dachte, Sharon hätte ihre Eifersucht auf Rayanne überstanden. Ich meine, wir können seit einiger Zeit ja auch wieder ganz gut miteinander. Aber offensichtlich ist sie nicht darüber hinweg. Oder warum sollte sie mir sonst so etwas Abscheuliches auftischen?" Sie musterte Rickies Gesicht eindringlich, um seine Reaktion zu sehen.

Er drehte sich bedächtig zu ihr um. „Weil es wahr ist."

Angela stürmte in Brians Zimmer. Es war wie eine Fantasy, die er sich schon hundertmal ausgemalt hatte. Doch leider würde dieser Besuch nicht ganz nach seinen Wunschvorstellungen ablaufen, das war ihm klar.

Allein schon deshalb, weil er nur halb angezogen und mit dem Kopfhörer seines Walkmans über den Kopfhörern auf dem Bett lag. Er war nicht darauf eingestellt.

„Was tust du denn hier?" Er sprang vom Bett herunter und schnappte sich ein T-Shirt, das über der Stuhllehne hing. Er begann sich hastig das T-Shirt über den Kopf zu ziehen. „Wisst ihr, man sollte mir schon Bescheid sagen, wenn ich Besuch bekomme!", brüllte er seinen Eltern über den Flur hinweg zu, wobei seine Stimme von einer Mischung aus Baumwolle und Polyester gedämpft wurde.

„Ich will das Videoband", verlangte Angela.

„Hah?" Brians Kopf kam oben aus dem T-Shirt zum

Vorschein und seine Haare standen ihm statisch aufgeladen zu Berge.

„Das Videoband. Komm schon, Brian, gib es mir einfach“, beharrte Angela. „Ich will es sehen. Ich hab ein Recht darauf, es zu sehen.“

„Entschuldige mal, aber ich habe dir dieses Video mit den Sex-Lektionen zusammen mit deinem Rucksack doch schon längst zurückgegeben“, sagte Brian. Er schob ein paar Bücher unter sein Bett und versuchte Zeit zu schinden.

„Nicht dieses Band. Das andere Band“, sagte Angela.

„Wovon redest du?“

„Jetzt tu bloß nicht so, als ob du nicht wüsstest, wovon ich rede! Das Ganze ist auch deine Schuld!“, schrie Angela.

„Meine … was? Das soll meine Schuld sein? Meine Schuld? Wieso?“, fragte Brian.

„Gib mir einfach nur das Band!“ Angela schaute sich argwöhnisch im Zimmer um.

„Ver-vergiss es!“, stotterte Brian. „Ich kann es dir nicht geben. Da ist auch noch anderes Zeug drauf. Zeug, das ich brauche, verstehst du?“

„Das ist mir schnuppe!“, sagte Angela. Plötzlich entdeckte sie Brians Videokamera, die auf seinem Schreibtisch lag. Im selben Moment, als sie losschoss, um sie sich zu schnappen, setzte sich auch Brian in Bewegung – allerdings zu spät. Sie öffnete die Kamera und holte die Videokassette heraus.

„Sieh es dir nicht an“, sagte Brian. „Ich meine, ich glaube nicht, dass du das wirklich … sehen möchtest. Du wirst dich danach nur noch mieser fühlen“, sagte er leise.

Angela starrte die Kassette an. Dann warf sie das Band auf sein Bett und rannte zum Zimmer hinaus.

Nach dem Sportunterricht hockte Rayanne auf dem Heizungskörper in der Mädchentoilette. Während der Sportstunde hatte Angela sie so eisern geschnitten, dass sie nicht einmal bei den Übungen an diesem dämlichen Sprungpferd mit ihr antreten wollte. Zum ersten Mal erfuhr Rayanne am eigenen Leib wie es sich anfühlte, wenn man von Angela angefunkelt und mit vernichtenden Blicken bedacht wurde.

Rayanne entdeckte einen ihr vertrauten Kopf mit braunem, kurz geschnittenem Haar im allgemeinen Gewimmel, das sich auf den Ausgang zubewegte, um zur nächsten Stunde zu kommen. „Hey, Cherski“, sagte sie.

„Sharon? Kommst du?“, fragte Delia.

„Sie kommt in einer Minute nach“, erklärte Rayanne Delia, während sie Sharon dazu brachte stehenzubleiben. Sie wollte eine Chance, auch ihren Standpunkt loszuwerden, auch wenn es eigentlich gar keinen gab.

Sharon ging langsam auf Rayanne zu.

„Herzlichen Glückwunsch, nun ist dein Traum also wahr geworden“, sagte Rayanne zu ihr.

„Was denn für ein Traum?“, fragte Sharon.

„Komm schon, Cherski. Jetzt hast du den perfekten Grund, nie wieder mit mir reden zu müssen. Das solltest du feiern“, sagte Rayanne.

Sharon schürzte ihre Lippen. „Denkst du etwa, ich bin

glücklich deswegen? Jemand, der mir wichtig ist, wurde verletzt …"

„Und du hast es kaum erwarten können, ihr die Neuigkeiten sofort zu stecken, stimmt's?", unterbrach Rayanne sie.

„Jetzt schieb es bloß nicht auf mich", sagte Sharon, die langsam aus der Fassung geriet. „Ich habe es ihr erzählt, um sie zu schützen …"

„Um sie zu schützen?", schrie Rayanne.

„Ja, genau, damit sie endlich sieht wozu du selbst guten Freunden gegenüber fähig bist." Sharon starrte Rayanne durchdringend an. „Du hast dir die Situation ganz allein selbst zuzuschreiben."

„Ja, klar." Rayanne schüttelte den Kopf. All die anderen wollten doch, dass sie Mist baute. Gut, nun hatten sie, was sie wollten. Nun konnten sich alle wieder … um ihren eigenen Mist kümmern.

„Rayanne!" Mrs. Chase machte die Tür weit auf. „Ich bin überrascht, dich zu sehen. Angela malt diese Woche nach dem Unterricht an der Kulisse mit, in dieser Theatergruppe."

Rayanne stand vor der Tür der Chase und kam sich albern vor. Wusste sie noch nicht einmal mehr, was in ihrer eigenen Schule lief? Offensichtlich nicht, wenn Angela damit zu tun hatte. Natürlich hatte sie schon seit Wochen keine Ahnung mehr, womit Angela die Zeit verbrachte. Seit dieser Geschichte führten sie getrennte Leben. „Oh. Tut sie das? Wirklich?"

„Möchtest du hereinkommen?", bot Mrs. Chase ihr an.

„Ehm, nein. Danke. Ich schätze, ich sollte …“ Sie wandte sich zum Gehen, drehte sich aber nochmal zu Angelas Mutter um. Wäre es wirklich so schlecht, sich ein bisschen mit Mrs. Chase zu unterhalten? Sie hatte das Gefühl, mit jemandem über die Sache reden zu müssen, der sie hinterher nicht dafür hasste. Und nachdem Angelas Mutter sie sowieso schon hasste … Sie trat ins Haus. „Erzählen Sie Angela aber nicht, dass ich hier war, okay? Ich meine, ich schätze ich weiß sowieso, dass Sie es tun werden, weil Sie und Angela sich so nahestehen.“

„So nahestehen?“, fragte Mrs. Chase und lachte verlegen.

„Naja, es ist bestimmt nicht so, dass sie Ihnen alles erzählt, aber … Sie wissen schon.“ Rayanne zuckte die Achseln.

„Nein …“, sagte Patty bedächtig.

„Sie würde es Ihnen bestimmt … erzählen, wenn etwas echt … Grauenhaftes passieren würde.“

„Rayanne? Ist denn etwas Grauenhaftes passiert?“, fragte Mrs. Chase.

„Ich schätze schon.“ Rayanne lief im Wohnzimmer auf und ab und betrachtete die Bücherregale. „Ich fand das nicht so schlimm. Am Anfang. Ich meine, sie hat doch gesagt, sie wäre völlig über ihn hinweg.“

„Ihn … damit meinst du Jordan?“, vermutete Angelas Mutter.

Rayanne nickte. „Sonst hätte ich das doch nie getan. Weil … keiner von uns beiden … Ich meine, diese Sache ist eben so passiert. Er war einfach … da, verstehen Sie?“ Rayanne sah Mrs. Chase fragend an.

Mrs. Chase machte ein entsetztes Gesicht. „Du … und Jordan?"

„Ja, ich weiß. Bestimmt werden Sie mich jetzt auch hassen. Ich schätze, das würde ich auch, wenn ich Sie wäre", sagte Rayanne.

„Nein." Patty schüttelte den Kopf. „Ich hasse dich nicht."

Rayanne guckte sie an. Ehrlich? Wenn Patty Perfekt mir verzeihen kann, vielleicht kann Angela es dann ebenfalls. Aber naja, schließlich habe ich ja nicht mit ihrem Ehemann herumgemacht.

„Ich meine, natürlich kann ich mir lebhaft vorstellen, wie verletzt Angela sich fühlen wird", fuhr Mrs. Chase fort.

„Ja. Ich weiß. Ich habe davor … sicher noch nie einem Menschen so fürchterlich weh getan. Schwer zu glauben, nicht wahr?", scherzte sie. „Aber wahrscheinlich kann man jemanden nur dann so böse verletzen, wenn … wenn man dem anderen eine Menge bedeutet. Nun ja … bitte sagen Sie ihr nicht, dass ich hier war." Sie verließ hastig das Haus und zog die Tür hinter sich zu.

Als Brian am nächsten Morgen vor seinem Schließfach stand sah er Jordan, der den Korridor entlang auf ihn zu marschiert kam. Er hatte noch nie erlebt, dass Jordan sich so rasch bewegte. Normalerweise kam er einfach irgendwie … irgendwo an. Irgendwann. Aber heute sah er zielbewußt aus.

Er will etwas von mir, dachte Brian nervös. Und ich weiß auch, was. Ich weiß ganz genau was.

Und ich weiß auch, dass ich mich deswegen nicht verprügeln lasse.

„Du willst sie haben? Bitte! Hier ist sie!" Brian holte die Videokassette aus seiner Schultasche. Er fing an, das braune Band Stück für Stück aus der Kassette zu ziehen, bis er ein paar Meter in der Hand hielt. „Zufrieden?"

Jordan guckte ihn entgeistert an. Und ein wenig gekränkt.

Brian erwiderte seinen Blick. „Sieh mal, es spielt doch überhaupt keine Rolle, wer diese dämliche Kassette hat. Es ist passiert. Es kann nicht einfach ... mir-nichts-dir-nichts ausgelöscht werden", sagte er.

„Ich wollte dich eigentlich nur fragen, ob wir die Nachhilfe heute ausfallen lassen können." Jordan schaute auf das braune Videoband, das sich über den Boden schlängelte. „Wieso? Was war denn auf dem Band?"

„Oh, ehm ..." Brian holte das Band ein und wickelte es wie einen Verband um seine Hand. Er lächelte nervös. „Nichts."

„Angela?"

Die Tür zur Mädchentoilette öffnete und schloss sich. Angela hockte in ihrer Kabine und überlegte, ob sie hinausgehen sollte, oder ob sie etwas sagen sollte.

„Angela, ich weiß, dass du da drinnen bist", sagte Rickie. „Aber du kannst nicht für immer da bleiben."

Angela hob den zur Hälfte abgebrochenen Metallriegel hoch und trat aus der Kabine hinaus. „Rickie, es tut mir Leid. Aber ... ich muss alleine sein."

„Du warst alleine. Achtundvierzig Stunden lang", sagte

Rickie. Er sah sie besorgt an.
„Ich brauche Jahre", sagte Angela. „Rickie, ich kann es noch immer nicht fassen!"

Rickie nickte und trat einen Schritt zurück. „Ich weiß."

„Wie konnten sie so etwas tun? Hinter meinem Rücken? Ich meine, für wen halten die sich eigentlich?" Angela warf die Hände hoch. Sie hatte es so satt, darüber nachzudenken, es sich vorzustellen. Sie hatte es so satt, dass sie noch nicht einmal mit jemandem darüber gesprochen hatte. Mit wem sollte sie auch darüber reden? Es war ihr vor allen so schrecklich peinlich. Entweder waren sie daran beteiligt, oder sie wussten Bescheid.

„Ich weiß", sagte Rickie. Er schwieg eine Weile und schüttelte schließlich den Kopf. „Genau genommen? Weiß ich es nicht."

„Ich könnte sie umbringen", sagte Angela grimmig. „Alle beide. Mit bloßen Händen. Ganz leicht sogar."

„Ich weiß. Ich meine, nicht so ganz, aber ich kann es mir vorstellen …" Rickie sah sie an. „Aber du musst hier wieder herauskommen. Endlich."

„Ich kann nicht", sagte Angela. „Ich kann nicht, also … hier rausgehen und ihr über den Weg laufen. Oder ihm. Oder – oh, Gott! Ihm und ihr zusammen." Sie hatte das Gefühl, sich jeden Moment übergeben zu müssen. Das war ein weiterer Grund, warum sie den ganzen Tag über in der Toilette herumhing – das machte es viel bequemer, falls es wirklich dazu kommen sollte.

„Nun, mach dir mal keine Sorgen. Das wird sicher nicht passieren. Ich meine, die beiden gehen sich total aus dem Weg." Rickie zuckte die Achseln.

„Echt?", fragte Angela. Wieso gab ihr das Hoffnung? Wozu? War sie eigentlich noch bei Trost? Was konnte denn jetzt schon noch Gutes passieren, nur weil sich die beiden aus dem Weg gingen? Sich auszuweichen – dafür war es nun ein bisschen spät. Diese Nacht, in der sie zusammen gewesen – in der sie miteinander geschlafen hatten. Jedesmal, wenn Angela daran dachte, wäre sie am liebsten gestorben. „Wenn ich daran denke … an die beiden …", sagte mit erstickter Stimme zu Rickie.

„Ich weiß", antwortete Rickie rasch. „Angela, jetzt hör mir mal zu." Er nahm ihre Hände und hielt sie ganz fest. „Du darfst nicht zulassen, dass diese dumme Geschichte dein Leben bestimmt. Du musst … dein eigenes Leben leben und die beiden vergessen."

Angela starrte die Graffitis an der Wand an. Sie hatte sie in den letzten Tagen so oft und ausführlich betrachtet, dass sie sie beinahe auswendig kannte. Irgendwie war das zum Heulen. „Du hast recht, Rickie. Und weißt du was? Zu diesem Spiel gehören zwei."

„Spiel?", wiederholte Rickie.

„Die halten mich doch beide für ein unschuldiges kleines Mädchen, nicht? Das sie so gemein behandeln können, wie es ihnen passt, weil ich es ja nicht besser weiß? Nun, da liegen sie falsch. Ich werden ihnen zeigen, wie falsch." Sie grinste Rickie grimmig an. „Danke."

„Gern geschehen", sagte Rickie. „Schätze ich."

Angela verließ die Mädchentoilette mit festen Schritten und hoch erhobenem Kopf. Ein Stück weiter unten auf dem Gang sah sie eine Traube von Schülern, die auf etwas an der Wand blickten. Entweder hängt da eine riesige Kakerlake an der Wand … oder die Besetzungsliste für „Unsere kleine Stadt“, dachte sie.

Sie sah Rayanne, die in dem Grüppchen steckte und auf und ab hüpfte, um einen Blick auf die Liste zu erhaschen. Da hörte sie ein Kreischen. Rayannes Kreischen. Sie sah sie auf dem Gang auf und ab hopsen, wie einen Superball, den jemand gerade mit aller Wucht auf den Boden geschmettert hatte. „Hey, Angela!“, rief sie.

Sie hat die Rolle bekommen, und sie möchte es mir erzählen. Als ob ich mich für sie freuen würde. Als ob ich überhaupt jemals wieder etwas über ihr Leben wissen wollen würde!

Ohne Rayanne zu beachten, marschierte Angela an ihr vorbei und in den Naturkunderaum. Sie ließ sich neben Brian, ihrem Laborpartner, auf ihren Stuhl plumpsen. Brian warf ihr einen besorgten Blick zu und sie lächelte ihn niedergeschlagen an. Ich muss dir nicht Leid tun, dachte sie. Das Letzte, was ich jetzt brauchen kann ist, dass mich Brian Krakow bemitleidet.

Ich war ja nur die beste Freundin, die sie jemals kriegen konnte. Und sie hat das getan … mit Jordan. Ihr war klar, wie ich mich fühlen würde. Und sie hat's trotzdem getan. Und wahrscheinlich hat's ihr sogar Spaß gemacht. Ihnen beiden.

Ich bin ja so ein Idiot, dachte Angela. Nein, beschloss sie. Ich war ein Idiot. Aber das ist jetzt vorbei.

12

Nach dem Unterricht überflog Angela unbeobachtet die Liste am Schwarzen Brett . Da stand es:

Emily .... Rayanne Graff.

Das war gerade so, als ob man zusah, wie ein schrecklicher Diktator einen Preis als besonders guter Staatsbürger erhielt …

„Angela!“

Jordan? Angela wandte sich vom Schwarzen Brett ab und begann hastig davonzugehen. Was sollte das, dass er sie so beim Namen rief? Kein Wunder, dass sie sich in der Mädchentoilette verkrochen hatte. Ich will, dass sie beide mit ihren Versuchen aufhören, mit mir zu reden oder sich wieder bei mir einzuschmeicheln.

„Angela! Hey, hast du mich nicht gehört?“ Jordan trottete neben ihr her.

„Nein“, sagte Angela kühl. Sie blieb stehen und wandte ihm ihr Gesicht zu. Aus unerfindlichen Gründen verspürte sie eine morbide Neugier zu hören, was er sagen und wie er wohl dachte ihr erklären zu können, dass er mit ihrer besten Freundin geschlafen hatte. Dachte er etwa, für so etwas gab es Worte?

„Hier.“ Er holte einen Stift aus der Tasche seines Vintage-Tankstellen-Hemdes heraus und reichte ihn ihr.

Angela starrte den Stift an, den ihr Jordan zwischen die Finger schob. „Wieso gibst du mir den?“

„Weil. Es ist deiner“, sagte Jordan und sah sie an.

Angela hielt ihn ihm entgegen. „Ich will ihn nicht“, erklärte sie Jordan.

„Aber es ist dein Stift“, meinte Jordan.

„Und?“ schrie Angela.

„Du hast ihn mir bei Katimski geliehen, erinnerst du dich noch?“

Angela starrte auf den Boden. Sie würde ihn nicht ansehen. Das wollte sie nicht riskieren. Sie fühlte sich zwar stärker, aber sie war kein Übermensch. „Eigentlich nicht, nein.“ Wenn du's genau wissen willst: ich versuche zu vergessen. Dich. Mich. Rayanne. Alles.

„Okay.“ Jordan seufzte. „Also, wenn er dir nicht gehört, dann ... gib ihn mir eben zurück.“

Angela dachte eine Sekunde lang darüber nach. Wieso sollte sie Jordan irgendetwas geben – vor allem etwas, das ihr gehörte? “Nein", sagte sie.

Er schaute sie auf die gleiche Weise an, wie an dem Abend bei ihr zu Hause, als sie sich offiziell getrennt hatten. Das war der Blick, der ihr Herz knarrend, wie in rostigen Angeln, wieder einen Spalt weit aufgehen ließ.

Dann ging er davon.

Angela steuerte geradewegs auf den Abfalleimer neben dem Wasserspender zu, warf den Stift hinein und genoß das metallische Peng, das er beim Aufknallen verursachte. So. Das war also erledigt.

„Hallo!“ Angela spazierte in den Backstage-Bereich, wo sie, Rickie und Corey sich trafen, um die Kulissen für „Meine kleine Stadt“ zu malen.

„Hi. Schnapp dir 'nen Pinsel", sagte Corey.

„Klar – nur einen Augenblick. Könnte ich ... vorher mit dir reden?", fragte Angela.

„Alles in Ordnung mit dir?" Rickie sah sie an, wie Sharon damals, als Angela sich die Haare gefärbt hatte – so, als ob sie komplett den Verstand verloren hätte.

Gut, vielleicht hatte sie ihr Aussehen nach Unterrichtsschluss ja ein bisschen verändert. Sie trug jetzt eine doppelte Schicht tiefschwarzer Wimperntusche, und sie hatte ein paar Haarsträhnen zu Zöpfchen geflochten, und statt ihres üblichen pfirsichfarbenen Lippenstiftes hatte sie jetzt feuerroten aufgetragen. Und wenn schon?

„Ja, mir geht's gut", sagte Angela zu Rickie.

Corey legte seinen Pinsel beiseite und folgte Angela. „Also, was willst du mit mir besprechen?"

„Also, zuerst einmal, hast du zufällig was zu trinken?", fragte sie ihn. „Irgendetwas Alkoholisches?"

Corey sah überrascht aus. „Du trinkst? Echt?"

„Warum nicht?", fragte Angela.

„Ich weiß nicht." Corey zuckte die Achseln. „Es ist nur – du siehst gar nicht so aus ..."

„Was, bin ich zu unschuldig oder was? Nun, ich hab's satt, so zu sein!", verkündete sie. Was tu ich da denn überhaupt? Das bin ich doch gar nicht, dachte Angela im selben Moment als sie anfing, Corey zu küssen.

Er wich zurück und wischte sich den knallroten Lippenstift vom Mund. „Angela?"

„Was?", fragte sie.

„Hör mal. Ehm ... es ist nur ..." Corey wirkte unangenehm berührt. Die Situation war ihm peinlich.

„Was passt dir nicht? Stimmt mit mir irgendetwas nicht?"
„Nein! Hör mal, lass uns jetzt zurückgehen und …"
„Oh, Gott." Angela stöhnte, sie fühlte sich grässlich. „Können wir nicht einfach von hier verduften und uns irgendwo richtig betrinken oder so?"
„Wovon redest du da? Du trinkst doch überhaupt nicht."
Angela fuhr herum und sah Rayanne, die hinter ihr stand. „Verzieh dich", sagte sie erbittert.
„Entschuldige uns bitte, Corey", sagte Rayanne.
Corey verdrückte sich, er rannte beinahe in die Aula zurück. Angela schickte sich an, ihm zu folgen. Sie wollte nicht mit Rayanne alleine bleiben.
„Weißt du, ich hätte die Rolle nie bekommen, wenn du nicht gewesen wärst", sagte Rayanne, die ihr dicht auf den Fersen blieb.
Angela marschierte weiter. Was hatte das zu bedeuten?
„Mach nur so weiter. Ich meine, tu's!", sagte Rayanne aufgebracht. „Betrink dich ruhig und mach alles kaputt, was dir wichtig ist. Dann siehst du mal , wie das ist."
„Hör mal. Das interessiert mich nicht mehr. Verschwinde einfach", sagte Angela.
„Du bist nicht die einzige, die verletzt wurde", sagte Rayanne, die nicht so schnell aufgab.
„Ach, tatsächlich. Verzeih mir bitte, dass ich deinen Schmerz nicht nachfühlen kann, Rayanne!", schrie Angela.
„Du hast doch nichts Großartiges verloren", fuhr Rayanne fort, ohne sich aus der Fassung bringen zu lassen. „Du hast … eine schreckliche, selbstsüchtige Freun-

din verloren. Einen Typen, den du sowieso nie richtig hattest. Du hast nichts verloren."

Das stimmt, dachte Angela. Und genauso fühle ich mich auch. Doch sie war so wütend und durcheinander, dass sie kein Wort herausbrachte. Nicht einmal anbrüllen konnte sie Rayanne, so wie sie sich das ausgemalt hatte.

„Ich habe eine wirklich gute Freundin verloren. Ich habe alles verloren", sagte Rayanne. In ihren Augen glänzten Tränen.

Angela schluckte. Dann stand plötzlich Rickie neben ihr. Angela sah ihn an, als wäre er ein Rettungsring, den ihr jemand im Ozean zugeworfen hatte. Sie war gerade noch rechtzeitig gerettet worden. Sie hatte kurz davor gestanden nachzugeben. Beinahe hätte sie sich mit Rayanne wieder versöhnt.

Rayanne schaute Rickie einen Moment lang an, drehte sich dann um und ging zur Tür in die Aula hinein.

„Ich bin froh, dass sie die Rolle der Emily bekommen hat", sagte Rickie.

„Was?", schrie Angela. „Auf wessen Seite stehst du eigentlich?"

„Ich bin auf deiner Seite. Es ist ja praktisch unmöglich, auf Rayannes Seite zu stehen", sagte Rickie. „Obwohl ich sie irgendwie verstehen kann."

„Wie meinst du das?", fragte Angela.

„Nun, du musst das so sehen. Sie hat sich immer irgendwie gewünscht, du zu sein. Seit sie dich kennengelernt hat. Und in gewisser Weise? Denke ich, dass sie an diesem einen Abend … nun, da hat sie so getan, als wäre sie du", sagte Rickie. „Und Jordan hat das vielleicht ebenfalls getan. Irgendwie. So zu tun, vielleicht, als ob er mit dir zusammen wäre."

Manchmal ist Rickie, wie soll ich sagen … zu tiefschürfend. Angela hätte ihm gerne geglaubt. Aber war denn irgendetwas von alledem wirklich eine Entschuldigung?

„Ich stehe auf deiner Seite", fuhr er fort. „Das ist gar keine Frage. Aber kann ich dich mal etwas fragen?"

„Sicher", sagte Angela.

„Warum wirfst du dich plötzlich Corey so an den Hals? Wo du doch genau weißt, was ich für ihn empfinde?", fragte Rickie.

„Aber … nur so! Du hast mir doch erzählt, du wärst über ihn hinweg!" sagte Angela.

„Aber rate mal, wie ich mich gefühlt habe", sagte Rickie. „Als du angefangen hast, ihm nachzulaufen."

Angela schaute ihn an. „Da brauche ich nicht zu raten. Es tut mir Leid, Rickie. Ich habe mir keine … Gedanken gemacht." Im Grunde über niemanden, als über mich selbst. Es war dieselbe Situation: Sie hatte Rayanne erzählt, sie wäre über Jordan hinweg, also …

Nein, es war nicht dasselbe, entschied sie. Weil Rayanne klar war, dass ich noch immer in Jordan verliebt war. Obwohl ich das Gegenteil behauptete. Und gute Freunde? Das ist doch irgendwie ihr … Job. Dich besser zu kennen, als du dich selbst kennst. Damit sie dich stoppen können. Dich davon abhalten können, Jungs nachzulaufen, die dich eigentlich nicht wirklich interessieren, einen deiner Freunde aber schon. Dich vom

Trinken abbringen, wenn du es nicht mehr tun solltest …

Aber das spielte jetzt alles keine Rolle mehr. Es waren Dinge passiert, die sich nicht rückgängig machen ließen.

„Eine Sekunde mal. Wo ist denn Chee Kwan abgeblieben?“, fragte Mr. Katimski eine Woche später mitten in der Probe.

Angela, Rickie und Corey trugen eine Holzplatte auf den hinteren Bereich der Bühne, um sie dort zu bearbeiten.

„Sie ist gegangen“, sagte Abyssinia. „Sie hat Hausarrest oder so was.“

„Oh. Naja, dann … wer ist denn da hinten? Angela Chase!“, rief Mr. Katimski. „Könntest du mal für eine Minute nach vorne kommen und Chees Rolle lesen?“

Angela erstarrte. Mit Rayanne auf der Bühne stehen? „Eigentlich nicht“, maulte sie.

„Komm schon. Es ist doch nur ein doofes Theaterstück, und wir brauchen ein Mädchen“, sagte Mr. Katimski, reichlich gereizt klingend. „Nun komm schon her!“

Angela schaute Rickie an, der nur die Achseln zuckte. Eigentlich konnte sie Mr. Katimski ja wirklich helfen. Er war ein ziemlich netter Kerl – immerhin, hatte er sich schwer für Rickie eingesetzt. Sie lief auf die Bühne hinaus. „Großartig. Das ist echt großartig. Lies einfach bei Abyssinia mit“, wies Mr. Katimski sie an.

Angela ging an Rayanne vorbei und stellte sich neben Abyssinia.

„Und, ehm, Rayanne?“, fuhr Mr. Katimski fort. „Würdest

du freundlicherweise drei Schritte zurückgehen und könntest du … aufhören zu schauspielern? Bitte?“

„Was?“, fragte Rayanne, ein wenig gekränkt.

„Hör auf, so zu schauspielern. Das ist wirklich nicht nötig“, erklärte ihr Mr. Katimski. „Emily ist tot. Und erst jetzt stellt sie fest, dass jeder einzelne Augenblick ihres Lebens wertvoll war. Und dass sie nie zu schätzen wusste, was sie eigentlich hatte, als sie es noch hatte. Stell dir einfach vor, Rayanne, wie man sich dabei fühlt.“

Einen Moment lang starrte Rayanne auf den Bühnenboden hinunter. Sie schloß ihre Augen, und dann begann sie. „Ich kann so nicht weitermachen. Es geht alles so schnell. Wir haben keine Zeit, uns gegenseitig anzusehen.“ Dann blickte sie auf und wandte sich ein Stück in Angelas Richtung. Ihre Augen füllten sich mit Tränen. „Ich habe es nicht bemerkt. So ist das alles passiert und wir haben es gar nicht bemerkt!“

Angela hielt es nicht mehr aus, Rayanne anzusehen. Sie spielte überhaupt nicht mehr. Sie sagte zwar den Text des Stückes auf, doch sie sprach über sie beide, über ihrer beider Leben. Angela biss sich auf die Lippe, umklammerte eine Seite des Manuskripts, das Abyssinia in der Hand hielt, und verfolgte mit tränenverschwommenen Augen Chees Textpassagen.

„Bring mich den Hügel hinauf, zurück zu meinem Grab“, fuhr Rayanne fort. „Doch vorher, warte. Nur einen Blick noch … auf Wiedersehen! Auf Wiedersehen, Welt! Auf Wiedersehen, Grovers Corners, Mama und Papa … Auf Wiedersehen, ihr tickenden Uhren!“

Das war mehr, als Angela aushalten konnte. Diese

Ansprache, die sie an all die guten Zeiten erinnerte, die sie gemeinsam erlebt hatten: sie und Rickie und Rayanne in der Mädchentoilette, als Rickie rausgeworfen wurde. Wie sie und Jordan unten im Heizungskeller miteinander geknutscht hatten, nachdem er ihr die Nachricht geschickt hatte, auf der ihr Name falsch geschrieben war. Die Zeit, als sie und Rayanne draußen vor einem Club namens Let's Bolt die Schuhe getauscht hatten und wie sie von der Polizei nach Hause gebracht worden waren.

Das alles war wundervoll. Und das alles war schrecklich. Weil nichts davon je wieder passieren würde. Eine Träne lief über die Wange hinab.

„Hat je ein Mensch sein Leben richtig wahrgenommen, während er es lebte? Jede einzelne Minute?", fragte Rayanne leise.

Auf der Bühne herrschte Schweigen. Dann stupste Abyssinia Angela behutsam am Arm an, und da dämmerte es Angela, dass alle auf ihren Einsatz warteten.

Sie schluckte hastig und wischte sich eine Träne von der Wange. „Bist du glücklich gewesen?", sagte sie. Ihre Stimme klang auf der Bühne kläglich und unsicher.

„Nein", sagte Rayanne. Sie wandte sich um und schaute Angela in die Augen. Erst jetzt konnte Angela sehen, dass Rayanne ebenfalls weinte. Und diesmal sah sie nicht wie Emily oder Angela aus. Sie sah ganz wie sie selbst aus. Sie schluchzte. „Ich hätte auf dich hören sollen. So sind Menschen eben. Alle blind."

Angela blickte Rayanne mit tränenverschwommenen Augen an. Langsam wurde ihr alles richtig klar, ihre sogenannte beste Freundin hatte mit ihrem sogenannten festen Freund geschlafen. Gemeinsam hatten Rayanne und Jordan sie betrogen, und sie waren die wichtigsten Menschen für sie gewesen …

Und nun waren sie aus ihrem Leben verschwunden.

Aber vielleicht mussten sie das gar nicht sein … zumindest nicht auf Dauer.

Rayannes Worte hallten in ihrem Kopf wider. Ihre Stimme wirkte kläglich, leise … um Verzeihung bittend. „So sind Menschen eben. Alle blind."

Vielleicht hatte Rickie recht, dachte Angela. Vielleicht hatten Rayanne und Jordan beide gegenseitig einen Teil von Angela in sich gesucht. Oder nach etwas, das sie nicht verstanden und das sie nicht erkennen konnten.

Angela war es immer so vorgekommen, als ob die beiden älter wären und über verschiedene Dinge besser Bescheid wüssten, als sie. Doch die Wahrheit war, dass die beiden genauso wenig wie sie selbst gewusst hatten, was sie eigentlich taten.

Aber jetzt, in diesem Augenblick, weiß ich über ein paar Dinge Bescheid. Über Freundschaft und über Betrug.

Und vielleicht über das Verzeihen.

Angela sah Rayanne entgegen. Zum ersten Mal seit Tagen wagte Angela, ihrer Freundin ein Lächeln zu schenken … eine Verbindung. Rayanne nickte. Ihre Wangen waren feucht, ihre Augen glänzten. Sie lächelte zurück.

Und noch etwas Anderes ist mir klar geworden, dachte Angela. Was wirklich von Bedeutung ist in meinem sogenannten Leben, ist … mir selbst treu zu bleiben.

13

Angela bahnte sich einen Weg durch das Gewimmel der Schüler auf dem Korridor und schubste Leute beiseite, während sie hinter Jordan herjagte. Sie konnte ihn sehen, er war weit voraus an seinem Schließfach stehen geblieben. Aber sie schaffte es einfach nicht, ihn zu erreichen.

In dem Traum mit Jordan, den ich immer wieder habe, versuche ich ihn einzuholen. Doch das ist schwer, weil mit dem Boden irgendetwas nicht stimmt.

Sie schaute auf die dicke, klebrige Masse hinunter, in der ihre Schuhe einsanken. Warum ich nur ein T-Shirt anhabe und keine Hose … das ist natürlich eine völlig andere Geschichte.

Angela legte sich beim Laufen kräftig ins Zeug, spannte jeden Muskel an. Irgendwie sprach ein ganzes Stück weiter vorne im Korridor plötzlich ihr Vater mit Jordan. Als die beiden sie kommen sahen, liefen sie davon.

Das Ende des Traums war immer dasselbe. Angela holte Jordan ein. Sie schrie und brüllte ihn an, wie sehr er sie verletzt und betrogen hätte, und dass sie ihm niemals vergeben könne.

Und Jordan stand jedesmal einfach nur da und ließ es über sich ergehen. Dabei blickte er sie an, als stünde er ohne Jacke inmitten eines gewaltigen Gewitters und scherte sich nicht darum, wie nass er wurde. Letztendlich konnte er sowieso nicht davonlaufen. Seine Füße steckten ebenfalls im Boden fest.

Als Angela aufwachte, war sie wie eine Mumie so in ihre völlig verschlungenen Laken eingewickelt, dass sie sich nicht bewegen konnte.

„Also gut, noch einmal ...“ Mr. Katimski hielt inne und schaute zur Zimmerdecke hinauf. „Jede Vokabel muss in einem Satz verwendet werden. Jeder, der mehr über griechische Urnen lesen möchte, sollte ...“

Die Glocke klingelte und beendete die Stunde.

„Sollte gleich jetzt zu mir kommen!“, rief Mr. Katimski über den Lärm hinweg, der entstand, als alle zusammenpackten und sich zum Gehen bereitmachten.

Angela war noch immer damit beschäftigt, die Vokabeln von der Tafel abzuschreiben, als sie das Gefühl hatte, dass jemand vor ihrem Pult stand. Sie sah auf. Es war Jordan. Sie senkte den Blick wieder und schrieb weiter.

Sharon räusperte sich. „Ich gehe zu diesem Zusatzpunkte-Dings.“ Sie blieb einen Augenblick neben Angelas Pult stehen und blickte Jordan mit grimmiger Miene an. Als er sich nicht verzog, seufzte sie laut und ging dann nach vorne, um mit Mr. Katimski zu reden.

„Ich kann kaum glauben, dass wir aus all diesen Wörtern einen Satz bilden müssen“, sagte Jordan.

Entschuldige mal? Aber versuchst du etwa ... dich mit mir zu unterhalten? Wieso?

„Ich meine, sie müssen nicht alle im gleichen Satz vorkommen, aber trotzdem ...“ Jordan hielt inne. Angela reagierte nicht. „Also, ich gehe noch immer zu dieser

Nachhilfegeschichte. Weißt du. Und rate mal, was. Es gibt da einen Ausdruck für mich", sagte Jordan.

Echt?, hätte Angela am liebsten gesagt. Das ist ja komisch. Ich habe auch Ausdrücke für dich. Zum Beispiel … hast du den Song „Fiese Type" von Radiohead schon mal gehört?

„Wie war das doch gleich nochmal? Ach, ja. Ich bin ein rudimentärer Leser mit verringerter Rezeptionsfähigkeit", sagte Jordan. Dabei hörte er sich beinahe stolz an. „Brian hat das herausgefunden, aus seinem Handbuch."

Angela umklammerte ihren Stift noch fester. Also … na, gut. Er nimmt also noch immer Nachhilfe. Gut für ihn. Aber für mich spielt das keine Rolle. Es hat nichts mit meinem Leben zu tun.

„Was gibt's sonst noch … ach, ja, meine Band ist wieder zusammen. Wir haben jetzt auch einen neuen Namen. Residue. Und ich habe Songs geschrieben …"

„Wieso erzählst du mir das alles?", fragte Angela schließlich. Sie blickte zu ihm auf und forderte ihn dazu heraus, ihr in die Augen zu sehen.

Jordan wich einen Schritt zurück. „Ich weiß nicht. Immerhin hast du mich für den Nachhilfeunterricht eingetragen, also …"

Ich kann jederzeit damit anfangen, diesen Traum auszuleben, dachte Angela. Ich könnte Jordan gegen die Wand stoßen und ihn anbrüllen.

Wie kam er bloß auf die Idee auch nur den Versuch zu wagen, sich bei ihr dafür zu bedanken, dass sie ihn für den Nachhilfeunterricht angemeldet hatte – nach dem, was er ihr angetan hatte? Nach so etwas redet man nicht mehr miteinander. Nie wieder und kein Wort.

Sharon hatte ihr Gespräch mit Mr. Katimski beendet und kam zu Angelas Pult zurück. Sie warf Angela einen besorgten Blick zu, dann funkelte sie Jordan an.

„Vergiss es." Jordan schnappte sich seine Jacke und verließ den Raum.

Sharon schüttelte den Kopf. „Ich fasse es nicht! Er hatte echt den Nerv, mit dir zu reden … ich meine … nett? Komm mit, lass uns von hier verschwinden." Sie wartete auf Angela.

Doch Angela rührte sich nicht. Sie hatte das Gefühl, sie würde in eine Million Stücke zerfallen, wenn sie versuchte aufzustehen.

„Oh, nein. Angela … du zitterst ja", sagte Sharon.

„Gestern Nacht hatte ich wieder diesen Traum. Den, in dem ich ihn immer anbrülle", gestand ihr Angela.

„Oh." Sharon stöhnte. „Mir fiel gerade wieder ein, was ich geträumt habe."

„Angela Chase!", rief Mr. Katimski durchs Klassenzimmer. „Kann ich dich dafür eintragen, dass du dreißig Karten für ‚Unsere kleine Stadt' verkaufst?"

Angela sagte nichts. Vielleicht würde er ja einfach … gehen. Vielleicht hätte ich Rayanne und Jordan vergeben sollen … ein kleines bisschen? Aber ich bin wirklich nicht in der Stimmung dazu beizutragen, dass sie bei ihrem Theaterdebüt ein volles Haus hat.

„Du meine Güte, Angela – dreißig schlappe Karten! Kannst du die paar nicht verkaufen?", fragte Mr. Katimski. „Du hast doch die halbe Kulisse gemalt und …"

„Okay! Ja! Ich tu's", erklärte ihm Angela.

„Prima!“, sagte Mr. Katimski. Er war sichtlich froh.

„Tja. Also, wo war ich stehengeblieben? Ich habe geträumt, wie Rayanne Graff und ich zusammen in so ’ner Art Wasserballett auftraten“, sagte Sharon. „Für einen guten Zweck.“

„Verrückt“, sagte Angela und wunderte sich einen Augenblick lang über Sharon. „Du gehst doch noch nicht einmal gerne Schwimmen.“

„Ich weiß“, sagte Sharon.

„Okay, ich sag dir, was wir jetzt machen“, erklärte Brian Jordan, als sie sich zu ihrer täglichen Nachhilfestunde zusammensetzten. „Du erzählst mir eine Geschichte. Eine wahre Geschichte. Und ich nehme bestimmte Schlüsselwörter heraus und schreibe sie auf Lernkarten.“

Etwa eine Minute lang sagte Jordan kein Wort. Schließlich seufzte er. „Ich hab’s vermasselt.“

„Warte mal – soll das die Geschichte sein?“, fragte Brian.

„Vergiss die Geschichte. Mir fällt jetzt keine Geschichte ein.“ Jordan seufzte. „Mein Leben ist total vermurkst.“

„Aha? Und wieso“, sagte Brian.

„Jetzt hasst sie mich. Und ich hab’s auch verdient.“ Er guckte Brian an. „Du weißt, wen ich meine, oder?“

Brian hatte keine Lust darauf einzusteigen, aber ihm war klar, dass Jordan von Angela redete. „Ja“, sagte er und gab sich dabei alle Mühe, Jordan nicht zu ermutigen, ihm mehr darüber zu erzählen.

„Angela. Heute nach der Stunde bei Katimski? Da hab ich versucht ihr zu erklären, dass … na, du weißt schon.

Dass es mir Leid tut oder so." Jordan schien verzweifelt.
„Und … was ist passiert?", fragte Brian.
„Nichts." Jordan sank auf seinem Stuhl zusammen und stieß einen Seufzer aus. „Ich wusste nicht, was ich sagen sollte."
„Sag ihr einfach, dass es dir Leid tut", schlug Brian vor. Einen Moment mal, dachte er. Ist Catalano … total plemplem? „Jetzt erklär mir aber mal Eins. Du kannst auf jedes Mädchen zugehen und es nach seiner Telefonnummer fragen. Aber du machst dir ins Hemd, weil du Angela Chase sagen sollst, dass es dir Leid tut?"
„Und?", fragte Jordan. Er sah eingeschnappt aus.
„Gar nichts. Das war nur ironisch."
„Na gut, und wenn schon." Jordan rupfte den Radiergummi vom Ende seines Bleistifts ab. „Was ist ironisch?"
„Wenn dir … sagen wir mal das Verrückte an einer Situation klar wird", sagte Brian.
Jordan guckte ihn mit trauriger, Mitleid erregender Miene an. Fast tat er Brian Leid, so unglücklich, wie er aussah. Aber hey – schließlich war er selbst daran schuld.
„Hilf mir, Brian", sagte Jordan plötzlich in flehendem Ton. „Hilf mir etwas Gutes zu formulieren, das ich ihr sagen kann. Angela."
„Nein." Brian schüttelte den Kopf. „Kommt nicht in Frage." Er hatte nicht vor Jordan dabei zu helfen, wieder mit Angela zusammenzukommen. Das konnte er nicht. „Du hast etwas Unverzeihliches getan, verstehst du? Daran kann ich nichts ändern, niemand kann daran etwas ändern. Damit musst du leben. Es ist so, dass du …

dir dein eigenes Gefängnis gebaut hast und nun musst du darin leben."

Brian schaute auf und sah, dass Jordan ihn anstarrte, als hätte er gerade das Brillanteste von der Welt losgelassen. Normalerweise hätte Brian daran auch nichts auszusetzen gehabt. Aber wenn es um Jordan und Angela ging, wollte Brian keinesfalls brillant sein. Er wollte, dass sie … sich aus dem Weg gingen.

„Das ist perfekt", sagte Jordan. „Sag mir noch mehr solche Sachen."

Brian stand auf und stieß sich dabei das Knie am Tisch. „Nein, absolut nein. Es geht nicht … sieh mal … im Handbuch für Tutoren ist so eine Situation nicht vorgesehen, klar?" Er holte tief Luft und versuchte, das bisschen Stolz, das er vor langer Zeit einmal an einem einsamen Samstagabend bei sich festgestellt hatte, zusammenzunehmen. „Ich kann mich da nicht einmischen. Was immer du zu Angela Chase sagst oder nicht sagst … ist eine Sache zwischen dir und ihr."

„Also gut! Ich denk mir selber etwas aus." Jordan holte einen Stift hervor und beugte sich über ein Blatt Papier.

„Fein. Das passt mir sehr gut", sagte Brian, während er sich wieder hinsetzte. „Du überlegst dir was du sagen willst … die Geschichte, meine ich. Für die Lernkarten. Und ich mache meine Mathehausaufgaben. Und wir arbeiten einfach unabhängig voneinander oder so."

„Abgemacht", murmelte Jordan ohne den Kopf zu heben, um Brian anzusehen. Er saß tief über sein Blatt gebeugt.

Brian seufzte erleichtert auf. Was auch immer sich zwischen Jordan und Angela abspielen würde, er würde sich jedenfalls nicht mit hineinziehen lassen.

„Du glaubst also, dass ich unglücklich bin? Ich?“, fragte Rayanne.

„Meiner bescheidenen Meinung nach, ja“, sagte Rickie.

„Sag das nicht so“, warnte ihn Rayanne. „Spar dir diese Phrase, okay? So redet Angela. Willst du mich deprimieren? Nur zu deiner Information: zufälligerweise bin ich von Natur aus ein positiver, glücklicher Mensch.“ Sie starrte Brian Krakow an.

Rickie warf Brian einen Blick zu, der sich zu ihnen gesellt hatte, als gehörte er dazu. Er gehörte nicht zu ihnen.

„Was ist, was glotzt du denn so?“, schnauzte Rayanne.

„Gar nichts“, sagte Brian. Er sah gekränkt aus.

„Gut so“, sagte Rayanne. Dann stürmte sie davon.

„Beachte sie gar nicht. Sie ist nur ein von Natur aus glücklicher Mensch.“ Rickie rollte mit den Augen. „Übrigens, ich habe dich für den Kartenverkauf für ‚Unsere kleine Stadt‘ eingeplant.“

„Dafür darfst du mit mir nicht rechnen! So wie's aussieht, habe ich dafür keine Zeit“, wehrte Brian ab.

„Oh, dann …“

„Rickie?“, unterbrach ihn eine süße, ein wenig piepsige Stimme in seiner Antwort.

Er und Brian drehten sich um. Vor ihnen stand Delia Fisher.

„Hi.“ Sie lächelte. „Du bist doch in der Theatergruppe, stimmt's?“ Sie strahlte Rickie an.

„Er ist der Bühnenmanager“, informierte Brian sie mit selbstgefälliger Miene.

Delia tat so, als wäre Brian nur eine lästige Fliege, die ihr in den Ohren summte. „Ich würde unheimlich gerne mitmachen, Rickie. Bei dem Stück, meine ich“, sagte sie.

„Nun … wir brauchen noch Leute für den Verkauf der Eintrittskarten“, sagte Rickie.

„Toll. Schreib mich auf!“, sagte Delia voller Begeisterung.

„Mich auch“, sagte Brian. „Klar!“

Rickie warf ihm einen grimmigen Blick zu. Versuchte Brian etwa immer noch, Delia dazu zu bringen ihn zu mögen? Nachdem er sie beim World Happiness Dance dermaßen böse hatte auflaufen lassen? „Gut, Delia“, sagte er. „Ich lass dich dann wissen, wo du die Karten abholen kannst.“

„Gut. Danke!“ Delia strahlte Rickie an.

Sie hat so eine sonderbare Art zu lächeln, dachte Rickie, der sich dabei ein wenig unbehaglich fühlte. Das gibt einem so ein Gefühl, als wären wir die beiden einzigen Menschen auf der Welt.

„Tschüss!“, sagte Brian, als Delia davonging.

Rickie schlug ihm auf den Hinterkopf.

„Was ist? Lass das!“, jaulte Brian.

„Du weißt genau, was ist.“

„Also – Sharon Cherski hat mir erzählt, Delia steht auf dich“, sagte Brian, während er Delia dabei zusah, wie sie den Korridor hinunterstiefelte und ihr brauner Lockenschopf dabei auf und ab wippte.

„Steht auf mich?“, fragte Rickie fassungslos.

„Was? Ich meine … so sagt man doch, oder? Oder?“

Klar, dachte Rickie. Aber normalerweise nicht im Zusammenhang mit mir.

„Also, mal sehen. Zuerst ist da diese Geschichte mit dem Gefängnis …“ Jordan strich das verknüllte Blatt, das er mit seiner verschwitzten Hand umklammerte, glatt. Moment mal. Wieso schwitze ich? Ich schwitze nie. Jedenfalls nicht wegen eines Mädchens. Er sah nervös zu Brian, der neben ihm hinter dem Portal auf dem Boden hockte. Sie hatten es gestern ausführlich besprochen. Also warum konnte er sich dann nicht mehr an alles erinnern?

„Bitte sie einfach um Verzeihung“, flüsterte Brian, als er Angela entdeckte, die ein Stück weiter hinten im Gang aus der Mädchentoilette kam. „Sag ihr, du seist Abschaum. Du seist weniger als Abschaum. Dass du es nicht wert bist, ihre Schuhe zu lecken!“

Jordan schaute ihn an. Wollte er das alles wirklich sagen? Das hörte sich gerade so an, als wäre er ein Ungeheuer.

„Tut mir Leid. Ich wollte dich nicht beleidigen“, entschuldigte sich Brian.

„Was war das andere? Was du mir gestern erzählt hast, was deine Eltern immer sagen?“, fragte Jordan.

„Meine Eltern sind Psychiater. Mit dem, was die sagen, kommst du nicht durch“, sagte Brian.

„Nein, dieser Wunsch. Wie nennt man den gleich noch mal?“

„Unbewusst. Ein unbewusster Wunsch. Dich selbst zu

bestrafen“, sagte Brian. „Ich meine … sie.“

„Ich hab’s kapiert“, sagte Jordan und stopfte das Blatt in seine Jackentasche. Ich habe einen unbewussten Wunsch. Mich zu entschuldigen.

„Delia hat von Rickie geträumt? Von meinem Rickie?“, fragte Angela entgeistert.

„Also, was denkst du?“, fragte Sharon. „Interessiert er sich überhaupt, du weißt schon, für Mädchen? Sie ist ein richtiger Schatz.“

„Ich dachte, sie wäre ganz verrückt nach Brian Krakow“, sagte Angela. Sie konnte sich nicht vorstellen, dass irgendjemand Brian Rickie vorzog, selbst dann nicht, wenn Rickie sich nicht für Mädchen interessierte …

„Nein, das ist doch schon seit, naja, Monaten vorbei“, sagte Sharon. „Sie – oh.“

Ganz plötzlich war Rayanne da. Sie kam geradewegs auf sie zu. Wie eine Pistolenkugel auf dem Weg ins Herz.

Ohne zu wissen warum, warf Angela ihr einen raschen Blick zu. Was erwarte ich denn – Reue? Kummer?

Rayanne sah Angela und Sharon ganz kurz an und richtete ihren Blick dann auf das andere Ende des Korridors, als wären die beiden gar nicht vorhanden.

Der Korridor ist ein gefährlicher Ort. Wir werden jeden Morgen nach Feuerwaffen und Messern durchsucht. Aber das hilft gar nichts. Denn das, was wirklich weh tut? Das kann von so was, wie … einem Metalldetektor nicht festgestellt werden. Das sitzt viel zu tief.

„Komm jetzt. Wir kommen zu spät in Hauswirtschaft", sagte Sharon und tippte Angela auf die Schulter.

Doch gerade als sie um die nächste Ecke bogen, stand da Jordan. „Angela!", rief er.

Angela blieb stehen, als Jordan hinter der Tür zur Cafeteria hervortrat. Was soll das werden – die Angela-auf-dem-Korridor-auflauern-um-sie-zu-erschrecken-Woche?

Sharon warf Jordan nur einen raschen Blick zu und ging weiter. In der Beziehung ist sie eisern, dachte Angela. Was ich leider nicht bin.

Da stand Angela mitten auf dem Korridor. Sie konnte sich nicht von der Stelle bewegen. Sie hatte Jordan ihren Namen noch nie … mit so viel Nachdruck sagen hören.

„Angela?", sagte Sharon, die nun ebenfalls stehengeblieben war.

Angela blickte zu ihr und wandte sich dann wieder Jordan zu. „Ich komme zu spät in Hauswirtschaft", sagte sie. „Was ist?"

„Ich … habe etwas Unverzeihliches getan", sagte Jordan.

Angela machte einen kleinen Schritt auf ihn zu, um den Gang für die Horden anderer Schüler freizumachen, die vorbei wollten. Sie war nicht ganz sicher, ob sie richtig gehört hatte. Unverzeihlich? War das eins der Wörter aus der letzten Englischstunde?

„Ich habe mir ein Gefängnis gebaut. Und nun muss ich darin leben", sagte Jordan.

Angela hatte ein Gefühl, als hätte sie gerade in der Kirche eine Beichte abgehört. Nur, dass das Jordan war, der seine Schuld eingestand. Ihr. Was für eine Vorstellung, zusammen mit Jordan Catalano im Gefängnis zu sitzen, dachte sie. Sperrt mich ein.

„Vielleicht hatte ich den Wunsch oder so was Ähnliches … dich zu bestrafen. Einen unbewussten Wunsch. Von so etwas hast du bestimmt schon mal gehört, oder?“, fragte Jordan. Er klang nervös.

„Ich glaube schon“, sagte Angela. „Warte. Ich fasse nicht, was du da gesagt hast. Das war echt unglaublich.“

„Ja“, sagte Jordan.

„Also gut … okay.“ Angela wandte sich wieder zum Gehen, aus Angst, den Zauber des Augenblicks zu zerstören. Den verrücktesten Augenblick, den sie jemals erlebt hatte. In letzter Zeit, zumindest.

„Okay … was?“, fragte Jordan.

„Jetzt können wir uns unterhalten“, erklärte ihm Angela.

Jordan sah betreten aus. „Aber das haben wir doch gerade.“

„Ach, nun komm aber, du kannst doch nicht mit so etwas Tiefschürfendem daherkommen und erwarten, dass die Diskussion damit zu Ende ist!“, sagte Angela.

„Ach, nein?“, fragte Jordan.

Angela starrte ihn an. Was war das nur für ein Mensch?

„Naja. Also … gut. Bis später. Ich komme zu spät zum Unterricht.“ Angela sah ihm nach, ihre Gefühle fuhren Karussell. Sie hatte keine Ahnung, was sie denken oder sagen oder fühlen sollte. Er hat sich also tatsächlich … entschuldigt. Schätze ich. Und was nun?

14

„Ich war gestern schon so nah dran. Aber es hat nicht gereicht. Sie ist so … wie am Verhungern oder so. Sie braucht mehr“, sagte Jordan.

Brian starrte die Lernkarte an, auf die er gerade schrieb. Das Wort lautete „LEICHTGLÄUBIG“.

„Es sollte aufgeschrieben werden“, fuhr Jordan fort. „Damit ich es nicht wieder vermassle. Damit sie mir nicht wieder Fragen stellt, auf die ich keine Antworten habe, so wie gestern.“

„Na, dann. Schreib ihr doch einen Brief“, sagte Brian mit einem Achselzucken. War das denn nicht offensichtlich? Leute schrieben doch ständig Liebesbriefe. Er bekritzelte ein paar weitere Lernkarten.

Ganz plötzlich bemerkte er, dass Jordan ihn anstarrte. „Was?“, fragte er, während er aufschaute.

„Ein Brief“, sagte Jordan. „Du. Dein Brief.“

„Nein. Nein.“ Brian schüttelte den Kopf. „Ich schreibe für dich keinen Brief an Angela Chase. Das kann ich nicht!“

Jordan senkte seinen Blick auf die Tischplatte, sah aber gleich wieder zu Brian auf. Dabei machte er ein trauriges Gesicht, beinahe so als würde er schmollen. „Nein? Wirklich?“

„Wirklich“, sagte Brian. Doch plötzlich hatte er so ein Gefühl … dass er seine Meinung noch ändern würde.

Angela hielt ein Plakat zur Aufführung von „Unsere kleine Stadt“ ans Schwarze Brett, während Rickie die Ecken antackerte. „Rickie, es war fast wie ein Traum. Du würdest nicht glauben, was für unglaublich tiefsinnige Worte aus seinem Mund kamen.“

„Erzähl weiter, ich hör zu“, sagte Rickie, der sich damit abmühte, eine Klammer aus dem Tacker zu pulen.

„Und dann, als mir klar wurde, dass es doch noch Hoffnung gibt? Dass wir miteinander reden können? Da, also … da rennt er davon!“, sagte Angela. „Ich meine, das war echt frustrierend. Ich habe mich noch nie so völlig und total …“

Angela unterbrach sich unvermittelt. Rickie warf einen Blick über die Schulter zurück und sah Rayanne, die hinter ihnen stand und das Plakat bewunderte.

„Wow, sind das die Plakate?“ Rayanne ließ ihren Kaugummi platzen.

„Ja“, antwortete Rickie. Er trat nervös von einem Bein aufs andere. Er hasste es, so zwischen Angela und Rayanne zu stehen.

„Kann ich eins mit nach Hause nehmen? Um es Amber zu zeigen?“, fragte Rayanne.

Rickie zog eines der Plakate aus dem Stapel unter Angelas Arm hervor und reichte es Rayanne.

„Amber ist völlig aus dem Häuschen. Wie's aussieht, wird ein Traum für sie wahr, weil ich die Hauptrolle in dieser Schulaufführung spiele.“ Rayanne zuckte die Achseln. „Das muss man sich mal vorstellen. Sie entwickelt sich mir gegenüber glatt noch zum richtigen Muttertier.“

„Tatsächlich?“, sagte Angela. „Also …“ Sie reichte Rickie

den Plakatstapel. „Ich geh jetzt besser."

Rickie hielt das Plakat ans Schwarze Brett. Er hatte es langsam satt, immer den Schiedsrichter spielen zu müssen, wenn Angela und Rayanne aufeinander stießen.

„Geh mir aus dem Weg, Krakow", sagte Rayanne, als sie davonstapfte.

„Was hab ich ihr denn bloß getan?", fragte Brian. „Und ... was läuft so? Ich meine, gibt es irgendwelche Neuigkeiten über Leute, die wir beide, naja ... kennen? Oder so?"

„Gut, wenn du es unbedingt wissen willst, sie steht unter Schock. Jordan Catalano hat mal wieder irgendwas gemacht", sagte Rickie.

„Was gemacht?", fragte Brian.

„Er hat irgendetwas Tiefschürfendes abgelassen und sie ist völlig und total weggetreten", erklärte ihm Rickie, während er das nächste Plakat anpinnte.

„Es war von mir", sagte Brian mit leiser Stimme. „Ich meine, ich habe Jordan gesagt ... was er ihr sagen soll."

„Was?"

„Es ist unverzeihlich", setzte Brian rasch hinzu.

„Brian! Das glaub ich einfach nicht. Du ... benutzt Jordan Catalano!"

„Was? Nein, er benutzt mich", widersprach Brian.

„Aber du benutzt ihn auch. Dazu, deine wahren Gefühle für Angela auszudrücken", sagte Rickie. Brian wurde rot. „Oder was auch immer", setzte Rickie rasch hinzu. „Ich weiß auch nicht ..."

„Nein", sagte Brian. „Du hast Recht."

„Vorsicht! Sonst tritt noch jemand drauf." Delia blieb auf dem Korridor stehen und hob den Stapel Plakate vom Boden auf. Sie hielt ihn Rickie hin.

„Oh, danke", sagte Rickie.

Delia strahlte ihn an, als er ihr den Stapel abnahm.

„Delia. Komm jetzt", quengelte Sharon.

„Mannomann." Brian seufzte. „Die steht echt auf dich."

„Ich weiß. Ich kann's selbst kaum glauben." Er hielt inne und dachte nach. „Ich meine, ist dir klar, um wie viel einfacher mein Leben wäre, wenn ich sie auch ... mögen könnte?" Brian nickte. „Ich meine, Brian", fuhr Rickie fort. „Das könnte meine Chance sein. Normal zu werden."

„Liebe Angela,

ich weiß, dass ich dir in der Vergangenheit schrecklich weh getan habe. Und es tut mir Leid. Und es wird mir Leid tun bis zu dem Tag, an dem ich sterbe. Und ich hasse den Stift, den ich in der Hand halte, denn ich sollte dich halten. Ich hasse das Papier unter meiner Hand, denn es bist nicht du. Sogar diesen Brief hasse ich, weil er nicht die ganze Wahrheit enthält. Denn die Wahrheit ist so viel mehr, als ein Brief jemals sagen könnte.

Wenn du mich hassen willst, nur zu. Wenn du diesen Brief verbrennen willst, tu es. Du könntest die ganze Welt niederbrennen. Du könntest mir sagen, ich solle zur Hölle fahren.

Ich würde es tun, wenn du es von mir verlangst. Und ich würde dir von dort aus einen neuen Brief schreiben.

In Liebe, Jordan Catalano"

Es spielte keine Rolle, wie oft Angela den Brief las. Er blieb immer das Beste, was sie jemals gelesen hatte. Sie lehnte sich an die Wand zurück. Sie saß noch immer auf der Fensterbank in ihrem Zimmer, wo sie schon seit einer Stunde saß – den Brief las, ihn wieder las und ihn laut vor sich hin sprach.

Der Brief war am Nachmittag aus ihrem Schließfach gefallen. Zum Glück war sie bereits auf dem Weg nach Hause gewesen, denn wäre sie das nicht, hätte sie irgendeine Krankheit vortäuschen und sich nach Hause schicken lassen müssen. So hatte sie auf diese Weise zumindest keinen Schultag verpasst.

Als wäre ihr die Schule auch nur im geringsten wichtig gewesen. Oder sonst irgendetwas außer diesem Brief, den sie in der Hand hielt und dessen Papier sich bereits wellte, weil sie es nun schon seit Stunden wie besessen umklammerte. Die Tinte begann schon zu verlaufen und Jordans Handschrift fing bereits an zu verblassen.

Doch es machte nichts aus, wenn sie verschwand. Der Brief würde für alle Zeit existieren, in ihrem Herzen und in ihrem Verstand. Sie würde ihn niemals vergessen.

Alles was wichtig ist, besprechen wir in Briefen, dachte Angela. Zuerst hatte sie Jordan diesen Brief geschrieben, den er im Museum fand … der sie zum ersten Mal näher zusammen gebracht hatte. Nun hatte er einen Brief geschrieben, der sie wieder zueinander brachte.

Ist das gut – sich Briefe zu schreiben, anstatt miteinander zu reden? Tun andere Leute das auch?, fragte sich Angela. Oder ist es eine Art Symtom?

Doch im Augenblick war ihr das ziemlich egal. Jetzt war ihr nur eines wichtig: Jordan wiederzusehen.

Am nächsten Morgen, als Angela aus dem Schulbus stieg, hielt sie den Brief noch immer fest in der Hand und las ihn ein letztes Mal, bevor sie Jordan traf, damit sie auch ganz sicher wusste, was sie darauf antworten würde.

Als sie sich umdrehte erblickte sie Brian, der hinter ihr aus dem Bus kam. „Oh, hi." Angela lächelte ihn an.

„Was liest du da?", fragte Brian und deutete auf den Brief.

Angela seufzte. „Kennst du das auch, dass du jemanden … völlig abgeschrieben hast? Und dann passiert etwas. Und dir wird klar – dass in diesem Menschen mehr steckt, als du dir je hast träumen lassen."

Brian folgte ihr weg vom Bus und dann standen sie auf dem Rasen vor der Schule beisammen. „Also … sprichst du von Jordan Catalano? Ich meine, ich denke mir, das musst du wohl, weil …"

Normalerweise hasste Angela Brians Fragerei, aber heute störte es sie kein bisschen. „Ja. Ich habe einen Brief von Jordan bekommen. Aber das ist nicht nur einfach ein Brief, er ist … unglaublich ergreifend. Junge, Junge, da musst du dich aber echt angestrengt haben."

Brian glotzte sie an, als ob er nicht ganz verstand, worauf sie hinauswollte.

„Du weißt schon, du bist doch sein Nachhilfelehrer", erklärte ihm Angela.

„Oh. Ja. Ich schätze schon", sagte Brian.

„Ich meine, ich sollte mich bei dir bedanken oder so, schätze ich. Ganz offensichtlich schreibt er jetzt um Klassen besser“, meinte Angela.

Brian kickte eine Eichel über den Boden. „Also … welcher Teil hat dir am besten gefallen?“, fragte er. „Ich meine, ehm, als du ihn gelesen hast, gab es da … eine bestimmte Stelle? Von der du gedacht hast, die wäre so … wie du gesagt hast. Ergreifend?“

„Brian, tut mir Leid. Er ist zu persönlich, als dass ich darüber reden könnte“, antwortete Angela. „Sieh mal …“ Sie blieb stehen, als sie Jordan entdeckte, der aus seinem Wagen stieg. „Oh, mein Gott. Ich muss los“, sagte sie zu Brian.

Angela lief los, um Jordan einzuholen. Er war bereits hineingegangen, und sie hastete den Korridor entlang, und packte ihn an seiner braunen Cordsamtjacke.

„Ich habe den Brief gelesen, den du mir geschrieben hast“, sagte sie. „Ich konnte kaum mehr aufhören ihn zu lesen …“

„Sieh mal“, warf Jordan ein.

„Ich konnte kaum glauben, wie wunderschön er war“, fuhr Angela fort, ohne sich von ihm unterbrechen zu lassen.

„Sieh mal, ich bin nicht ..ich will nicht mehr so tun, als …“

„Nein.“ Angela schüttelte den Kopf. „Ich will auch nicht mehr so tun.“

„Ich bin froh, dass er dir gefallen hat. Dieser Brief...“

„Er hat mir nicht gefallen“, sagte Angela.

Jordan sah sie überrascht an.

„Ich liebe ihn." Angela schaute ihm in die Augen. „Ich liebe ihn."

Jordan schürzte die Lippen, als ob er mit sich rang, ob er etwas sagen sollte – vielleicht überlegte er auch, was er sagen sollte. Angela hätte ihm gerne gesagt, dass er nichts mehr sagen musste – er hatte schon genug gesagt. Ihr wurde klar, wie sehr sie es vermisst hatte, ihm so nahe zu sein und dass sie trotz allem noch immer diese physische Verbindung zu ihm empfand.

Jordan beugte sich zu ihr, seine Lippen berührten beinahe ihr Ohr. „Ich habe oft diese Träume", sagte er sanft. „Wo ich ganz genau weiß, was ich sagen soll. Und in denen du mir sagst … du weißt schon. Dass du mir verzeihst."

Angela blickte in seine blauen Augen, die ihr klarer und strahlender erschienen, als je zuvor. Wie sollte sie ihm nicht vergeben können? Sie wollte es – aus ganzem Herzen. Sie trat näher und küsste ihn und klammerte sich fest an seinen Arm.

Er legte seine Hand um ihren Hinterkopf und schmiegte sich an sie, während er sie küsste.

Es ist wieder so wie früher, dachte Angela. Nein, noch viel besser, weil wir alles verloren und nun wieder haben.

15

Sieh nicht hin, befahl Brian sich selbst. Es ist so, als wenn man versucht, eine Sonnenfinsternis zu beobachten. Man wird davon blind.

Doch zumindest würde ihm vom Beobachten einer Sonnenfinsternis nicht so übel werden, wie davon, Jordan und Angela zuzusehen. Sie hingen ständig aneinander, den ganzen Tag lang, drückten und küssten, küssten und drückten sie sich ... als wenn nie etwas passiert wäre. Als ob Jordan nicht erst vor ein paar Wochen Sex mit Rayanne gehabt hätte.

Warum muss er Angela – und damit auch mich – nur so quälen? Kann er sich nicht einfach ein paar Telefonnummern von anderen Mädchen besorgen und deren Leben und das ihrer Nachbarn zugrunde richten?

„Brian?“ Rickie tippte ihm auf die Schulter und unterbrach damit seine Todessehnsüchte. „Wenn du diese Eintrittskarten verkaufen willst, dann musst du sie heute Abend bei uns abholen. Ich meine, bei Mr. Katimski.“

„Ja. Wie auch immer“, murmelte Brian.

Rickie folgte Brians Blick dorthin, wo Jordan und Angela ineinander verschlungen standen. „So. Sie sind also wieder zusammen?“, fragte er Brian.

„Ja“, sagte Brian finster. „Natürlich wird sie trotzdem irgendwann sterben müssen. Wir alle werden eines Tages sterben.“ Endlich brachte er es fertig sich abzuwenden.

Warum hatte er bloß mitgeholfen, sie wieder zusammenzubringen – warum?

Rickie starrte ihn an. „Hast du etwas getan? Oder so?"

Brian hatte keine Lust einzugestehen, was er getan hatte. Es würde viel jämmerlicher klingen, als es eigentlich war. Obwohl es im Grunde genommen … sowieso schon unglaublich jämmerlich war.

„Brian, was hast du getan?", fragte Rickie noch einmal.

„Ich … ich habe den Brief geschrieben. An sie", gestand Brian.

Rickie machte große Augen. „Oh, nein. Willst du damit sagen – sie denkt, er hätte ihn geschrieben?", fragte er.

Brian nickte. „Es gehörte zum Nachhilfeprogramm. Es war ein Projekt, an dem wir arbeiteten und wir haben uns irgendwie hinreißen lassen …"

„Brian! Das ist nicht richtig! Du hast den Brief geschrieben, oder?" Rickie klang entsetzt. „Du musst es ihr sagen. Das musst du", sagte er nachdrücklich.

„Nein! Sieh mal, was macht das schon für einen Unterschied? Jetzt sind sie eben wieder zusammen." Und ich würde deswegen am liebsten sterben. „Na und? Und wenn schon?", fragte er Rickie. „Ich meine, wenn du einmal analysierst, warum bestimmte Leute mit … bestimmten Leuten zusammen sind? Dann würdest du dich doch am liebsten wegschmeißen."

„Sag es ihr", drängte Rickie ihn.

„Nein. Das wäre nicht richtig." In einem moralischen Universum, wäre es das vielleicht. „Er hat mich um Hilfe gebeten. Ich habe ihm geholfen. Es gibt kein Zurück."

Im Handbuch für Nachhilfelehrer war so eine Situation nicht vorgesehen, seinem Nachhilfeschüler dabei zu helfen, seine Exfreundin zurückzugewinnen allerdings auch nicht.

Sharon drehte sich vor dem Spiegel hin und her. Hatte sie nun eine Laufmasche im Strumpf oder nicht? Warum konnte sie sie bloß nicht sehen? Warum musste Rayanne Graff im Waschraum herumsitzen, jederzeit bereit, sich über sie lustig zu machen?

„Willst du wissen, was echt … zum Totlachen ist?“, sagte Rayanne. „Ich habe keine Freunde.“

Sharon sagte nichts. Diese Eröffnung war zu gewaltig. Legte Rayanne es etwa darauf an, gekränkt zu werden? Wieso sollte sie es einem sonst so leicht machen?

„Ich meine, Angela Chase – vergiss es. Schon klar, dass wir darüber nicht reden können“, sagte Rayanne. „Rickie Vasquez? Nicht im Geringsten mein Freund. Tino?“ Sie überlegte. „Ist nicht gerade zuverlässig.“

„Naja, ehm“, sagte Sharon. Sie war Tino zwar noch nie begegnet, aber jedenfalls war er nie da, wo man ihn erwartete. Manchmal war sie sich nicht einmal sicher, ob er überhaupt existierte. Und wie sollte man sich auf jemanden verlassen können, den es gar nicht gab?

„Du denkst jetzt wahrscheinlich … na und? Es geschieht dir recht, dass du keine Freunde hast. Ich meine, das ist es doch, was du denkst, oder?“ Rayanne starrte Sharon an.

Naja, irgendwie schon, dachte Sharon. Aber andererseits auch wieder nicht. Vor ein paar Monaten hätte sie noch gesagt, Rayanne verdiente noch nicht einmal eine dieser Beilagen in den Cräckerpackungen.

„Ich habe noch nie jemanden wie dich getroffen", gab Sharon zu. „Du bist so ... du sagst alles so frei von der Leber weg. Und jeder kann dir alles ins Gesicht sagen. Dich kann man ... nicht schockieren."

„Nicht schockieren?", fragte Rayanne.

„Ja. Und das ist gar nicht mal so schlecht", stellte Sharon fest. „Es ist irgendwie ...

„Es ist erfrischend, nicht wahr?"

„Ja, es ist irgendwie erfrischend", räumte Sharon ein. Sie dachte daran, was Delia vor ein paar Tagen gesagt hatte. Sie hoffte, Rayanne würde über das, was sie gleich sagen würde, nicht lachen.

„Du hast einen Freund", erklärte ihr Sharon. „Ich meine, vielleicht nicht unbedingt denjenigen, den du dir wünschen würdest, aber immerhin ..."

Rayanne lächelte sie an, ohne etwas zu sagen, als wollte sie das Angebot annehmen. „Ich hab's vermurkst", sagte sie schließlich. „Einfach alles."

„Hey, du hast es also geschafft!", sagte Rickie, als Angela in Mr. Katimskis Apartment trat, um die Eintrittskarten für „Unsere kleine Stadt", die sie verkaufen wollte, abzuholen. „Wo hast du denn den ganzen Tag gesteckt? Als wenn ich mir das nicht denken könnte."

„Was meinst du?" Angela strahlte ihn an. „Was kannst du dir denn denken?"

„Angela", sagte Rickie leise und zog sie beiseite. „Ich weiß Bescheid."

„Worüber?", sagte Angela mit Unschuldsmiene.

„Über den Brief. Ich weiß über diesen Brief Bescheid“, sagte Rickie. Er klang sehr ernst.

„Du weißt von dem Brief? Woher denn?“, fragte Angela. Da dämmerte es ihr auch schon. In einem Moment der Schwäche, als sie an nichts anderes, als an Jordan Catalano denken konnte, hatte sie am Morgen Brian von dem Brief erzählt. „Brian Krakow hat es dir erzählt, stimmt's? Brian Krakow, die Ursache allen Kummers.“

„Angela. Dir ist das doch klar? Dass Brian diesen Brief geschrieben hat“, sagte Rickie und legte Angela die Hand auf den Arm.

Angela sah Rickie unverwandt an. Brian Krakow? Aber wie ... warum? Er sollte Jordan Nachhilfe geben, aber doch nicht alles für ihn schreiben. Also, was hatte das denn zu bedeuten? Jordan verdiente es nicht, dass man ihm verzieh. Und sie hatte den ganzen Tag damit zugebracht, ihn zu küssen, ihn im Arm zu halten, ihm zu erzählen, wie großartig sein Brief war, und was für ein tiefsinniger, vielschichtiger Mensch er doch sei ... Und dabei war er für nichts von alledem verantwortlich.

Und jemand anderem – nein, jedem anderem – wäre von Anfang an klar gewesen, dass der Brief nicht von ihm stammte. Sie hatte sich so gewünscht, dass er sich entschuldigte ... dass sie alles geglaubt hätte.

„Nun, ja“, sagte sie zu Rickie, während sie sich bemühte, die Fassung wiederzufinden. „Ich meine, so etwas in der Art habe ich mir schon gedacht.“

„Oh, Gott sei Dank.“ Rickie seufzte laut auf. „Dann brauche ich kein schlechtes Gewissen zu haben, weil ich etwas ausgeplaudert habe. Weißt du, ich kenne dich doch und ich habe mir gleich gedacht ... du bist so klug. Du würdest es herausfinden."

„Ja", sagte Angela. Aber ich hatte es nicht.

„Heh, Leute, hat jemand von euch Lust, Pizza essen zu gehen?", fragte Mr. Katimski. „Wo ihr doch alle so großzügig wart, die Eintrittskarten für meine armselige Produktion zu verkaufen."

„Ich möchte keine Pizza, aber könnte mich vielleicht jemand nach Hause fahren?", fragte Angela. Ihre Stimme klang so schwach, wie sie sich fühlte – als käme sie von weit, weit her.

„Klar. Dann mal los." Mr. Katimski lächelte ihr zu. „Wir lassen dich unterwegs raus."

Gut, dachte Angela. Denn so, wie ich mich im Augenblick fühle, glaube ich nicht, dass ich es alleine nach Hause schaffen würde.

Rickie wartete, bis alle anderen das Apartment verlassen hatten. Er wollte mit Delia reden. Er wusste zwar nicht, was er sagen sollte, hatte aber das Gefühl, dass er etwas sagen musste. Wie ... ich würde dich mögen. Wenn ich das nur ... könnte.

Delia mühte sich mit ihrer Jacke ab. „Mannomann, ich krieg den Reißverschluss nicht zu."

„Lass es mich mal versuchen", bot ihr Rickie an.

„Ehm, Delia? Vielleicht sollten wir mal ... du weißt schon. Zusammen ausgehen. Irgendwann."

„Oh." Delia klang überrascht. „Okay ..."

„Ins Kino oder so", sagte Rickie und hoffte, dass er es richtig anpackte. „Okay?", er lächtelte sie an.

„Klar, würde ich gerne", sagte Delia und strahlte ihn an. „Weil – ich denke, wir würden uns echt gut verstehen", fuhr Rickie aufgekratzt fort.

„Okay", sagte Delia. „Aber, ehm ... du bist doch schwul, oder?"

Einen Moment mal. Das weiß sie? Rickie konnte es kaum glauben. Aber ich weiß es ja selbst nicht so recht. Sie wusste, dass er schwul war ... und sie mochte ihn trotzdem? „Nun ..."

„Tut mir leid. Ich wollte nicht ..."

„Nein, das ist schon okay", sagte Rickie mit einem Schulterzucken.

„Das kam so hart heraus." Delia schüttelte den Kopf.

„Sieh mal, ich will nur nicht ... ich meine, ich bin nicht wirklich ..." Doch, du willst. Und ja, du bist. „Ja. Ich bin schwul. Ich sag es nur sonst nicht auf diese Art."

Delia runzelte die Stirn. „Wie sagst du es denn sonst?"

„Normalerweise sage ich es gar nicht. Ich meine ... genau genommen habe ich überhaupt noch nie gesagt. Laut."

„Wow. Ich fühle mich geehrt", sagte Delia. Sie blickte nervös zu ihm auf. „Dann will ich jetzt auch ehrlich sein. Ich bin total in dich verknallt."

„Das ist noch ein ‚erstes Mal'", sagte Rickie mit einem schwachen Lächeln.

„Ich hab ganz schön lange drüber nachgedacht. Zum Einen liegt es daran, dass ich dich für den fantastischten Menschen halte. Außerdem bist du ein umwerfender Tänzer. Zum Anderen ... dieser Brian Krakow hat mir schrecklich wehgetan. Ich meine, es tut mir Leid, weil ich weiß, dass er ein Freund von dir ist und so, aber er ist der mieseste, egozentrischte Kerl aller Zeiten. Er benutzt Mädchen und wirft sie dann einfach weg!"

In seinen Träumen vielleicht, dachte Rickie. Aber in Wirklichkeit? Benutzt er Jordan Catalano.

„Ich schätze mal, ich bin in der Stimmung, mich in jemanden zu verknallen, der mir nicht allzu sehr wehtun kann", meinte Delia.

„Da liegst du bei mir richtig. Aber, Delia? Wenn ich auf Mädchen stehen würde? Dann würde ich auf dich stehen", sagte Rickie.

Delia schenkte ihm ein wir-sind-ganz-allein-auf-der-Welt-Lächeln, stellte sie sich auf Zehenspitzen und küsste ihn auf die Wange. Dann verließ sie schnurstracks das Apartment.

Als sie gegangen war, blieb Rickie noch eine Minute lang auf der Stelle stehen. Habe ich das wirklich einfach so gesagt? Und nichts ist passiert. Das Apartment ist nicht eingestürzt … ich bekam keinen Herzanfall … sie bekam keinen Herzanfall.

Er war zwar noch nicht bereit, es allen zu sagen … aber es einem Menschen erzählt zu haben, gab ihm ein gutes Gefühl. Und … es mir selbst gesagt zu haben.

„Noch mehr?" Angelas Mutter hielt den Milchkarton über Jordans leeres Glas.

Jordan nickte. Cool. Ein endloser Milchvorrat. Angelas Zuhause wirkte so normal. Als ob es im Fernsehen gezeigt werden sollte oder so.

„Nun, ich muss sagen", meinte Mrs. Chase. „Nach allem was du mir erzählt hast, denke ich ist klar, dass du ihr nicht wirklich wehtun wolltest."

Jordan kaute auf dem Sandwich, das ihm Mrs. Chase gemacht hatte. „Es ist so …" Er nahm einen Schluck Milch und überlegte, was er sagen sollte. „Du denkst, du bist in Sicherheit oder so. Denn du kannst einfach weglaufen. Jederzeit. Weil du … sie irgendwie nicht brauchst. Du brauchst niemanden." Er sah Angelas Mutter an. „Aber dabei übersiehst du … dass du falsch liegst."

Angela kletterte aus Mr. Katimskis Wagen und winkte gute Nacht. Dann wandte sie sich um und schaute zum Haus. In der Einfahrt parkte Jordans Wagen. Was will der hier?, wunderte sie sich. Dann fiel ihr wieder ein, dass er gesagt hatte, er würde vorbeischauen. Eventuell. Was normalerweise nichts zu bedeuten hatte.

Angela hörte das Klicken einer Fahrradgangschaltung. Sie schaute die Straße entlang. Brian kam in der Dunkelheit im Zickzack von einer Straßenseite zur anderen kurvend, auf sie zu geradelt.

Welchen von den beiden soll ich zuerst umbringen?, fragte sich Angela.

„Brian", rief Angela. Er kam, langsamer jetzt und den Blick auf das Vorderrad geheftet, auf sie zu. „Brian, komm hierher. Sieh mich an", sagte Angela.

„Was ist?", murmelte er.

„Der Brief, von dem ich dir erzählt habe. Rickie sagt … du hättest ihn geschrieben."

Brian bremste so heftig, dass er beinahe vom Rad fiel.

„Und ich muss das wissen, weil …“, fuhr Angela fort.

„Was musst du wissen? Da gibt’s nichts zu wissen“, ereiferte sich Brian. Er hüstelte nervös. „Was Rickie wahrscheinlich gemeint hat, ist … dass Jordan mich gebeten hat, den Brief auf Patzer durchzusehen. Weil ich doch sein Nachhilfelehrer bin und alles. Deshalb sollte ich seine … Fehler korrigieren.“

„Du liest anderer Leute Liebesbriefe Korrektur?“ Angela konnte es nicht fassen. „Ist das so ’ne Art Spiel für dich, Krakow?“

„Wohl kaum“, antwortete Brian.

„Aber du gibst es doch zu. Dass du daran beteiligt warst“, sagte Angela.

„Was bist du, das FBI oder so? Ich gebe gar nichts zu, Inspektor“, antwortete Brian höhnisch.

„Das ist ein Scherz, oder? Das passiert doch nicht wirklich“, empörte sich Angela wütend. „Oh, Gott, ich bin auf euren dämlichen Plan reingefallen, und dabei ist es so offensichtlich ein ausgemachter Schwindel!“

„Nein! Ich habe es so gemeint, jedes Wort!“, rief Brian.

Eine Sekunde lang rührte sich keiner der beiden. Angela starrte Brian unverwandt an. „Du …?“

„Ich meine, die Person, die den Brief geschrieben hat, hat es so gemeint“, sagte Brian. „Glaube ich.“

„Brian“, sagte Angela sanft.

„Ich hab ihn nicht geschrieben“, wehrte Brian ab.

„Brian, du hast gesagt …“

„Vergiss, was ich gesagt habe!“, keifte Brian. „Oder noch besser? Vergiss die ganze Unterhaltung.“

„Wie?“, fragte Angela. „Wie sollte ich das … vergessen

können? Das alles?" Sie trat näher auf ihn zu.

„Er hat dir doch gefallen. Der Brief", sagte Brian befangen. „Oder? Er hat dich … glücklich gemacht …"

Angela nickte. „Ja."

„Das ist vermutlich das einzig Wichtige", sagte Brian. „Stimmt's?"

„Das einzig Wichtige … für wen?", fragte Angela.

Brian warf ihr einen scheuen Blick zu. „Für die Person, du weißt schon. Die den Brief geschrieben hat."

Die beiden sahen sich eine Minute lang an. Angela hatte keine Ahnung, was sie sagen sollte.

„Angela?"

Brians Fahrrad fiel scheppernd um.

Angela wandte sich zum Haus um und sah Jordan, der über den Rasen vor dem Haus auf sie zu getrottet kam.

„Hey", sagte er.

„Hey", sagte Angela bedächtig. Sie wusste nicht, was sie tun, was sie sagen … wen sie anbrüllen sollte.

„Hey, Brain." Jordan lächelte.

„Hi." Brian zog sein Fahrrad am Lenker hoch, für einen Augenblick blieb die Kette an seinem Schnürsenkel hängen. „Ich meine, hey."

Jordan griff nach Angelas Hand. „Komm, lass uns fahren. Keine Bange, deine Mom sagt, es geht klar."

Angela lächelte verlegen. Zu guter Letzt hatte ihre Mutter den Jungen, den sie „diesen Jordan" zu nennen pflegte, also doch noch kennengelernt. Sie fragte sich, worüber sich die beiden wohl mehr als sechzig Sekunden lang unterhalten haben konnten.

„Bis später, Brain", sagte Jordan.

Angela schaute zu Jordans Wagen, dann zu Brian. Eigentlich wusste sie gar nicht, warum sie es tat. Aber sie tat es.

Sie nahm Jordan bei der Hand und ging mit ihm zu seinem Wagen. Er öffnete ihr die Tür. Angela warf Brian, der nun wieder auf seinem Fahrrad saß und ziellos Kreisen und Achten fuhr, einen letzten Blick zu.

Dann setzte sie sich in Jordans Wagen und Jordan schloss die Tür hinter ihr, so als wäre es völlig natürlich, etwas, das sie einfach so machten. Oft. Als ein Paar.

Vielleicht könnte Jordan ja lernen Briefe zu schreiben, die so gut wie der von Brian waren. Mit ein wenig Nachhilfe und ein bisschen Hilfe von ihr …

Natürlich wäre dazu mehr nötig, als nur besser schreiben zu lernen und einen größeren Wortschatz zu besitzen. Er würde sein Herz kennenlernen müssen. Und seine Gefühle.

Aber all das dachte sie nicht wirklich. Und auch sonst dachte sie nichts. Zum ersten Mal in ihrem Leben.

Außer vielleicht … wo wollen wir eigentlich hin?